NEW MOBILE REPORT GUNDAM W Frozen Teardrop

新機動戰記鋼彈W

冰 結 的 淚 滴

12 邂逅的協奏曲（下）

隅沢克之

封面 あさぎ桜・KATOKI HAJIME 原案 矢立肇・富野由悠季

登　場　人　物

Character

希洛・唯

維持少年的模樣，從人工冬眠用冷凍艙中甦醒。身負殺死莉莉娜的使命。

麥斯威爾神父

迪歐・麥斯威爾。與希爾妲結婚又離婚，剪掉了原本的長辮，自稱為神父。

亞汀・羅

暗殺了殖民地指導者希洛・唯，人稱「扼殺傳說的男子」的狙擊手。希洛的親生父親。

艾因・唯

殖民地指導者希洛・唯的外甥，特列斯的父親。被捲入希洛暗殺事件中，因而失去右眼和左腳。

特列斯・克修里納達

艾因與安潔莉娜的兒子，殖民地指導者希洛・唯是他的舅公。

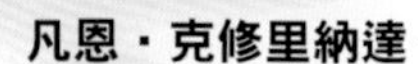

凡恩・克修里納達

特列斯同母異父的弟弟，克修里納達家與羅姆斐拉財團的正統繼承人。

柯蒂莉亞・菲茲傑拉德

前往地球圈統一聯合宇宙軍月球基地赴任，擁有耀眼美貌的能幹准尉。後來叫作蕾蒂・安。

莉莉娜・匹斯克拉福特

第二屆火星聯邦總統。藉由人工冬眠而維持少女模樣。「完全和平程序P・P・P」的關鍵是殺死莉莉娜。

傑克斯・馬吉斯

本名米利亞爾特・匹斯克拉福特。是匹斯克拉福特王的長子，但隱姓埋名。

露克蕾琪亞・諾茵

維多利亞湖基地軍官學校的預備生。特列斯在該校擔任教官。

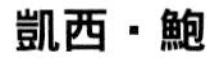

凱西・鮑

直屬地球圈統一國家總統的祕密情報部「預防者」的准校。莎莉的女兒。

前情提要

Summary

為了貫徹「完全和平主義」，莉莉娜向火星南部聯合國的傑克斯・馬吉斯上級特校投降了。這導致她因為被送上戰犯法庭，而被傳喚到移動要塞「巴別」。莉莉娜被判死刑的機率相當高，而這也會讓許多火星上的居民因為她的死而隨之殉葬……希洛為了執行「神話作戰」而與她同行，但企圖殺害莉莉娜的無名氏駕駛的「普羅米修斯」和迪歐的「舍赫拉查德」擋住他的去路。希洛駕駛「白雪公主」出擊，經過激戰後擊退了這兩架MS；然而才剛安心下來沒多久，這次輪到凡恩・克修里納達藉由通訊現身，並放話表示：「只要消滅不完美的人類，世上只剩下聰明人，就能實現『完全和平』。」對此，希洛毅然反駁了他的言論……

新機動戰記鋼彈W 冰結的淚滴

NEW MOBILE REPORT GUNDAM W Frozen Teardrop

隅沢克之

12 邂逅的協奏曲（下）

Kadokawa Fantastic Novels

封面插畫／あさぎ桜、KATOKI HAJIME
插畫／あさぎ桜、MORUGA
日版裝訂／KATOKI HAJIME

邂逅的協奏曲

傑克斯檔案2

MC-0022 NEXT WINTER

叮——！

響起了雖然細微卻震耳欲聾的高周波金屬音。

幾秒後，從背後響起很難以爆炸與破壞來形容的巨大噪音。

在那一瞬間，我憑直覺發現我們中彈了。

當我一回頭，狂猛的暴風就迎面撲來，我們搭乘的飛艇也劇烈搖晃起來。

舵手一邊拚命維持平衡，一邊大喊：

「埃律西昂島上出現高熱源！發現莉莉娜市發生高出力能源爆炸！本艇輕微受損！」

我的部下「冷血妖精」們陸續來向我報告。

「露克蕾琪亞助理，伊希地平原上的要塞巴別變成正十二面體了！」

到幾個小時前，那座要塞都還擺出宛如一列正五角形排在大地上，就如展開圖所示般的陣形。

而眼下，它已經變成令人想以最終型態來形容，具備立體構造的正多面體要塞了。

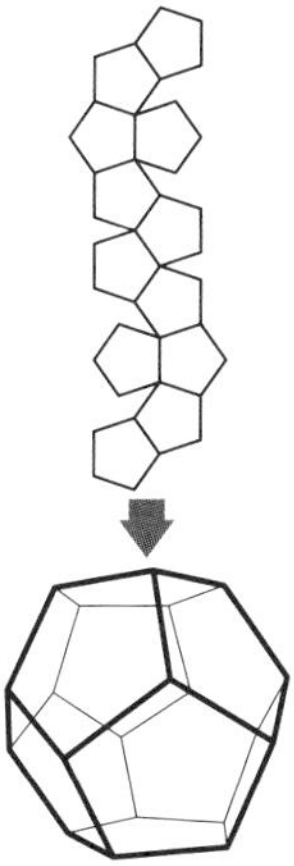

人稱「柏拉圖立體」的正多面體共有五種。

也就是正四面體、立方體、正八面體、正十二面體和正二十面體這五個。

古希臘哲學家柏拉圖在對話集「蒂邁歐篇」中將這些多面體比喻為五元素（古典哲學中的元素），提倡它們各自象徵火、土、空氣、宇宙和水這種說法。

要塞巴別的正十二面體象徵的是宇宙。

這個名稱的由來，是源自它那與混沌完全相反，堪稱和諧又勻稱的形狀。

後方螢幕的觀測手傳出報告：

「莉莉娜市發生大爆炸！似乎是遭到敵方要塞巴別的攻擊！」

我在完全不敢相信的情況下開口確認：

「外殼護壁怎麼了？」

「被爆炸的黑煙遮住，看不清楚！啊，不對……確認護壁最頂端受損！」

「應該是敵方以長程光束砲攻擊，把護壁打穿了！」

我頓時一陣戰慄。

既然這門長程光束砲能擊穿誇稱火星上最堅固的外殼護壁，那就表示——

「他們動用了『十二矮星』……」

除了這玩意兒，我想不出其他的可能。

裝在巨型步槍上的三重矮星是把從三點發射的能源集中在正四面體的頂點上，藉以增強其光束的破壞力。

而若是把同樣的增幅發射方法轉用在要塞能源砲上，所製造出來的就是「十二矮星」。

呈現正十二面體形狀的要塞巴別上，在各連結處的頂點都設置了光束照射口和反射鏡，並在內部形成正四面體。

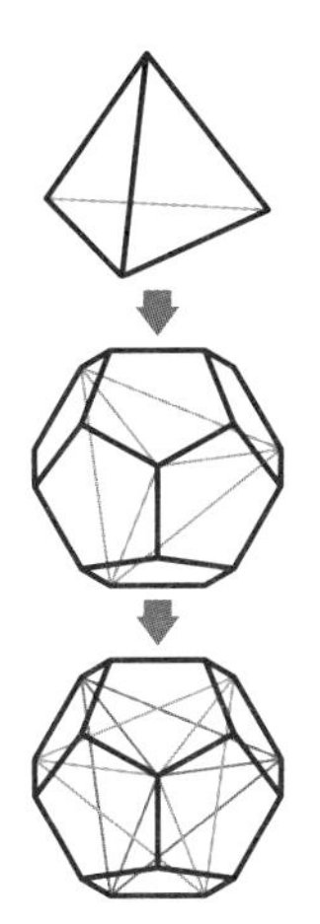

這類頂點共有二十處，依照兩種不同的波長會形成合計四十個正四面體，總共有兩百四十道光束會彼此交叉。

接下來會有龐大的能源在這些交點上增幅，並集中在外殼其中一面的正五角形的五個頂點上發射。

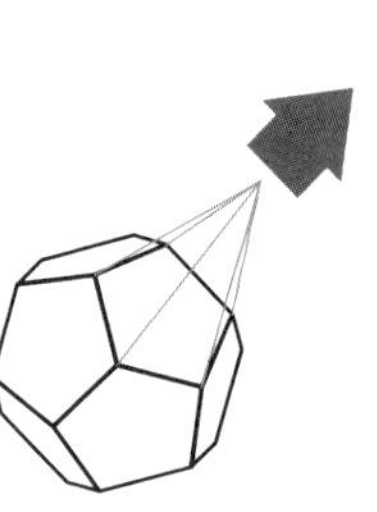

從這五個頂點發射的能源光束會進一步集中在五角錐的頂點，以經過增幅強化的狀態被推擠出去。

這門光束砲的破壞力是三重矮星的八十倍以上。

這種威力要射穿城市的外殼護壁，根本綽綽有餘。

這一擊究竟殺了多少身為非戰鬥人員的一般市民呢？

多半有該城十萬市民的一成到兩成吧。

不，考慮到二次損害，或許會更多。

這是很突然的攻擊。

事前雖然有勸告民眾避難，但在這種國際戰爭中，理所當然的人道思考卻造成了盲點。

正因對方是毫無人類情感的立體影像「傑克斯·馬吉斯」上級特校，才會做出這種卑劣又殘忍的殺戮行為。

我開始提防來自要塞的第二波攻擊。

無論如何都必須阻止這波攻勢。

但是我們不能正面迎戰。

因為莉莉娜總統正在這架飛艇上。

Mars Suit機庫裡搭載了冷血妖精的「黑桃西裝牌」部隊。

那是除了國王之外，從Ace到Queen都到齊的十二架精銳。

雖說目前這些人都能出擊，但我沒有下達命令。

「就這點微薄的兵力，能攻陷那座要塞巴別嗎？」

在我方的預測中，敵軍的比爾哥Ⅳ超過七百架。

我沒有任何計策能彌補雙方將近六十倍的戰力落差。

然而接下來這一步，一旦行動就不能有任何延遲。

當我還在這樣猶豫不決時，W教授就連絡上我們了。

『這裡是「北斗七星」。』

他在幾天前與凡恩．克修里納達交戰時受傷，一直處於失去意識的狀態。

『實在很抱歉。就因為我沒通知你們而導致最惡劣的情況發生，我不知道該怎麼謝罪才好。』

映在螢幕上的W教授一臉憔悴地再三道歉。

看樣子，他對自己沒能看穿「宇宙之心」這回事懊悔不已。

然而，恐怕「宇宙之心」之所以會通知W教授這種情形，應該是為了讓這件事成為W教授無意識下的惡夢，流入他心底吧。

這種情況，一般人的精神力怎麼可能承受得住。

「你沒事吧？」

「唉，勉勉強強。」

我想到了他的妹妹卡特莉奴。

能感應到「宇宙之心」的她，肯定也陷入同樣的狀態吧。

「卡特莉奴呢？」

『精神上受到很大的打擊，看來要很久以後才能復原了。』

「這樣啊……」

這讓我無法再多說什麼了。

這對兄妹最厭惡的，就是來自他人沒必要的顧慮或同情。

『總統助理，請讓北斗七星現在立刻前往要塞巴別吧。如果又遭到同樣的攻擊，你們根本抵擋不住。』

如果鋼彈駕駛員們要對要塞巴別發動反擊，那沒有什麼比這更能壯膽的了。

「你們願意去嗎？」

『弗伯斯與迪歐，還有米爾和娜伊娜都已經準備好要出擊了。』

「我知道了，我們這邊也會派冷血妖精去支援你們。」

當我說出這句話時——

「請等一下。」

莉莉娜總統就站在我背後。

「我懇求各位，請別再打下去了。」

「莉莉娜大人……」

「已經夠了！我不允許雙方再出現更多犧牲者了！」

總統眼角泛淚地向我懇求：

「諾茵，請妳連絡火星南部聯合國的傑克斯·馬吉斯上級特校。」

她深吸一口氣，彷彿要將心裡的覺悟說給自己聽一般，以強烈的語氣說：

「我們聯邦政府希望這場戰爭即刻停火，並向火星南部聯合國投降。如果完全和平主義真的是導致幾萬無辜民眾喪命的原因，那我只能撤銷我自己的主張。」

基於身為助理的立場，這時我是不能發言的。

W教授則透過螢幕發言：

『莉莉娜總統，我希望您重新考慮一下。您過去的記憶還沒恢復。要下決定，等到恢復記憶後應該還不遲吧。」

「不，如果是莉莉娜．匹斯克拉福特，無論碰到什麼情況都會下這種決定吧。我這份決心是不會動搖的。」

螢幕上也映出了北斗七星的其他乘員們。

凱瑟琳．布倫臉上浮現寂寥的笑容說：

『以前的莉莉娜．匹斯克拉福特的確是這樣的人啊。如果這樣就能結束戰爭，不幸的人應該也會減少吧。』

T博士冷淡地接受這個要求：

『是嗎……我知道了，已經夠了。』

代替卡特莉奴坐進舍赫拉查德駕駛艙裡的迪歐說：

『哼，天下哪有不死人的戰爭啊？就是因為這樣，我才覺得只出一張嘴的和平根本一點用也沒有！』

宛如在呼應他的這句話，坐在普羅米修斯裡的弗伯斯也低聲說：

『我不在乎……因為我已經習慣被背叛了。』

雖然同樣做好出擊準備的娜伊娜和米爾在駕駛艙裡始終一語不發，但他們對這項決定並沒有露出任何不服的模樣。

我服從莉莉娜總統的決定，向要塞巴別傳達投降的訊息。

「傑克斯．馬吉斯」上級特校立刻接受了火星聯邦政府的投降。

但是他卻提出「解散火星聯邦政府，並將莉莉娜．匹斯克拉福特本人交給我方」這個要求，做為停戰的條件。

簽約停戰的談判桌就設在要塞巴別的司令室裡。

在這裡將進行戰後賠償的索賠金額交涉，同時還會有追究莉莉娜總統的責任的戰犯法庭開庭。

「你們的條件，我方都答應。」

莉莉娜總統說出這句話，表示明白簽訂這項停戰協定就等同於無條件投降。

長程高速氣墊艇「ＶＯＹＡＧＥ」正在會合地點等待。

這艘飛艇本來就是為了要從神父和凱西手上取得經過修正的「傑克斯檔案」才前來。

手上拿著虛擬眼鏡的希洛·唯從「ＶＯＹＡＧＥ」來到這邊。

接下來，我們將搭乘解除武裝的總統專機前往要塞巴別。

和莉莉娜總統同行的只有我和希洛。

這是南部聯合國那邊的要求。

在戰犯法庭上，火星聯邦政府第二任總統莉莉娜·匹斯克拉福特被判死刑的機率很高。

屆時，要為她執行死刑的只有希洛一個。

既然她體內隱藏了「完全和平程序Ｐ·Ｐ·Ｐ」，那麼她一死，就會導致火星居民有一半要為她殉葬。

想要防止這種情況出現，唯一的方法就是讓她死在希洛手上。

「我能想到的理由就是這個吧……」

他搭乘總統專機後就把虛擬眼鏡扔給我，然後說：

「這樣一來，我就能執行神話作戰了。」

「你能執行嗎？」

「我非執行不可，畢竟就是為了這個，我才從人工冬眠中被喚醒。」

希洛表示他已經確認完經過修正的「傑克斯檔案」。

他已經不再是因為遺忘過去而手足無措的平凡少年。

我看著他那副模樣，就確實感受到有必要讓莉莉娜總統的記憶也明確恢復。

如果是擁有強韌意志的她，應該能解決眼前這最惡劣的情況。

即使無法解決，為了今後的敗戰處理以及戰後重建，她的領袖氣質和引領大眾的力量也是不可或缺。

我想要賭一賭。

「莉莉娜大人，請在抵達要塞巴別之前體驗一下這段檔案，讓您找回自己的過去；然後請您解放苦難的火星人民吧。我在此懇求您。」

莉莉娜總統靜靜地點點頭，接過我手上的虛擬眼鏡。

總統專機升空，並在拂曉的天空中緩緩飛行。

機上由希洛擔任駕駛員。

而我坐在副駕駛座上，頭戴虛擬眼鏡的莉莉娜總統則坐在後座。

「對方沒有指定停戰協定的簽訂時間，所以我們可以稍微繞點遠路。」

「拜託了，就務必這樣做。」

「了解。」

為了讓莉莉娜總統找回自我，我們需要多點餘裕；那怕只有一點點也好。

我很感謝希洛能顧慮到這件事。

不過，同時我也對他居然會這麼溫柔而感到有點困惑。

當然希洛以前也有溫柔的一面，然而現在他身上這種氣息卻是濃到宛如要從身體裡滲出來一樣。

那或許是對莉莉娜總統的，而不是對我的關照吧。

而再度恢復成一位會不知所措的平凡少年的經歷，或許也讓他身上的殺伐氣息多少變得有點溫和了。

不論是哪一邊，眼下他細心的關照的確值得感激。

這樣的希洛對我發話了：

「在那份檔案裡，關於AC187年夏天發生的凡恩與安潔莉娜的炸彈謀殺案，和我以前在『特列斯檔案』裡看到的一樣。」

「那和你實際經歷過的記憶有沒有什麼不同呢？」

「沒有……不過我也無法斷言。」

「是嗎？」

我想他在冷凍艙裡度過幾十年的結果，就是沒有半個能夠確信的記憶。

「不過，只有一件事我可以確定。凡恩．克修里納達就是在那時死亡。」

「既然如此，那個黑色飛翼鋼彈零式的駕駛員是何方神聖？」

「那是用和我同期被採取的DNA製造的備用品……這件事就在這次的『傑克斯檔案』裡的AC189年時出現了。關鍵就在諾恩海姆家。」

「諾恩海姆家？」

一聽到自己老家的名號，我在吃驚的同時也感到十分厭惡。

「我順便問一下。我以前曾經在山克王國遇見過迪茲奴夫．諾恩海姆。」

對於哥哥的名字，我不只是厭惡，甚至還感到排斥。

「那是AC179年春天的事。那時他說他在醫療設施的爆炸中失去一位名叫阿斯特蕾亞的女性……那是什麼人？」

「是他母親的名字……我雖沒見過本人，但他似乎很受阿斯特蕾亞溺愛。」

「那不是妳母親？」

「我母親是繼室……而她也在被諾貝嫌棄之後離開了。」

我實在不太想提起這段過去。

我母親瓦諾芝雅因為無法忍受父親諾貝・諾恩海姆的家暴，才帶著年幼的我從火星逃到地球。

母親雖然仰賴遠親接濟，在歐洲各地四處輾轉移居，她卻在途中病倒而留下我撒手人寰了。

恐怕那位前妻阿斯特蕾亞也同樣遭受諾貝的家暴摧殘過吧。

如果她和安潔莉娜住在同一個精神治療區裡，那大概就沒錯了。

在那件爆炸案發生時，隸屬於叛亂軍陣營的我們正接受指導者艾因・唯的兩項委託。

其一是修正將要墜落在火星上的資源衛星MO-Ⅶ的軌道。

另一項則是支援在L-1殖民地群發動叛亂的叛亂組織。

不論哪一項都是基於「ZERO系統」所預測的未來才下的判斷，艾因也沒對我們提起這些行動是否有什麼深意。

米利亞爾特和艾爾維——不對，這時他自稱是傑克斯，所以今後也這麼叫他吧——他們飛往火星，而我則以叛亂組織部隊的成員身分參與了他們在殖民地起義的戰鬥。

和傑克斯分開雖然很痛苦，但那時的我對再度前往火星這點頗為躊躇。

我後來才知道，當時OZ特務部隊的特列斯閣下也參與了鎮壓這場殖民地動亂的戰鬥。

叛亂軍方五架舊型的特拉哥斯等機體，被特列斯閣下的里歐Ⅲ型（奇美拉）輕而易舉地壓制了。

我成了俘虜之後，被帶到閣下面前。

「我很想尊重妳反抗聯合國的意志，可是不論傑克斯還是艾爾維都遲早會回來。在那之前，妳就先在我們ＯＺ等等看如何？」

我並沒有馬上答應。

雖說我也覺得自己太自私自利，但也無可奈何。

特列斯閣下坐在我面前，花了很長的時間說服我。

當我頑固的態度終於軟化時，凡恩與安潔莉娜的死亡通知送到閣下的手上。

閣下就在我面前哽咽起來。

「終究還是出了這種事……」

不論之前還是今後，這是我唯一一次看到特列斯閣下哭泣。

「這都是我害的啊……」

他說出這句話後，就從我面前離開了。

但我知道這其實是我害的。

艾因・唯為了不讓他兒子被捲入那場爆炸，而故意讓我參加叛亂軍的起義；這點不會錯。

即使會讓心愛的前妻死於非命，也要保護特列斯閣下。

要揣測艾因做出這種苦澀選擇時的心情很簡單。

現在想想，特列斯閣下肯定是個能大幅改變未來的人物。

我完全理解為何「ZERO系統」會做出這種判斷。

但是，真的沒辦法阻止炸毀醫療設施這種暴行嗎？

至少這件事在兩個人心中留下深刻的傷痕，也對他們之後的人生和全人類的未來產生很大的影響。

所謂的「兩個人」，指的是特列斯閣下和我哥哥迪茲奴夫。

這件事讓特列斯閣下產生強烈的贖罪意識，而迪茲奴夫則以此為契機，成了復仇的魔鬼。

迪茲奴夫憎恨著山克王國與克修里納達家，於是他就想以「完全和平程序P．P」為手段，來破壞在以閣下為首的許多人犧牲奉獻之下才帶來的世界和平的秩序。

除此之外，「ZERO系統」還發出了另一項任務，可惜的是傑克斯與艾爾維沒能完成它。

在他們兩人好不容易抵達火星之前，資源衛星MO-Ⅶ就墜落在阿爾吉爾平原上了。

雖然火星在這件事的影響下變成了人類可以居住的地方，但依然沒有和平與繁榮可言。

我想之所以傑克斯變成米利亞爾特，並自稱「昔蘭尼之風」後也一直為火星的和平而四處奔走，就是因為他沒能阻止那顆衛星墜落吧。

我現在還是覺得那份責任十分沉重。

當時艾因所交付的兩項任務，有著形形色色的未來分歧點。

我對此想了一下。

艾因應該知道幾年或幾十年後的未來了吧？

「ZERO系統」到底在想什麼？有怎樣的意志？又想讓我們做些什麼？

或許它確實有像我這種凡人無法理解的深謀遠慮，不過……

「『ZERO系統』和『宇宙之心』一樣，不會給出任何答案。」

希洛突然對我這麼說。

在這個時機說出這句話，簡直就像在解答我心中的疑惑。

「那些東西都不會形成人類的『動機』，而是會賦予人類『目的』；所謂行動的原因，只不過是人類擅自認定並遵從的存在罷了。」

「那麼，所謂被『ZERO系統』擺布的人們是——」

「過去的卡特爾就是這樣，而我也是；我們都只是把責任轉嫁給系統而已。因為無法認同內心的脆弱，必須替自己找個藉口。」

「…………」

這下我無言以對了。

特列斯閣下和傑克斯他們崇高的行動，以及迪茲奴夫的復仇居然被人等量齊觀；這讓我覺得難以釋懷。

希洛接著說：

「反過來說，擁有強烈自我意識的卡蒂莉娜・匹斯克拉福特或亞汀・羅就不會受『ＺＥＲＯ系統』擺布。」

「或許真是這樣吧……我沒辦法說得更清楚。」

我肯定也是個會被「ＺＥＲＯ系統」擺布的人，而傑克斯在率領白色獠牙時從來沒說過什麼「辯解」的話語。

「那時的特列斯閣下或傑克斯都沒有任何迷惘啊。」

從「ＺＥＲＯ系統」那裡接受目標之後，就毫無迷惘地向目標邁進。

現在的「傑克斯．馬吉斯」上級特校，就是遺留在他當年駕駛的次代鋼彈駕駛艙裡的殘留思念。

我覺得胸口好痛。

明明就是個毫無人類感情的立體影像，那個男人卻秉持和我丈夫相同的邏輯而屠殺了超過一萬人的民眾。

「接著……」

希洛不動聲色地換了個話題：

「在那場爆炸案後，妳就回到ＯＺ了對吧？」

「是啊……我就待在特列斯閣下身邊，等著傑克斯和艾爾維出現；不過之後直到第二次月球戰爭爆發這三年間，我始終都沒見到他們。」

「ＡＣ１９０年嗎？」

他望著遠方，喃喃自語起來。

我回頭看看背後莉莉娜總統的情形。

她一言不發地戴著虛擬眼鏡。

我擔心地猜想著她在體驗什麼時候的過去。

一直顯示在臉頰部分的年代也不是很清楚。

我勉強看清楚後，才知道那顯示的是「ＡＣ-１８８」。

我轉向前方，把心思都放在從操縱席看得見的外界風景上。

雖然外面沒有下雪，卻有細微的沙塵在隨風飛舞。

After Colony１８８年。

我沒辦法立刻想起那一年發生過什麼事。

堪稱多到不計其數的記憶碎片，散落在虛空中——

AC-188 SPRING

L-4殖民地群宙域

傑克斯與艾爾維搭乘的星際航行長程運輸船回到地球圈了。

這可說是一場歷時兩百天的大遠征。

這艘長程運輸船是從溫拿家暫借的，於是他們為了物歸原主而來到L-4殖民地群宙域。

然而在這段漫長的歸途中，兩人卻因為無法阻止資源衛星墜落的屈辱導致心情十分沉重，一路上始終不得不保持沉默。

尤其艾爾維一直對自己的失誤強烈自責。

由於不習慣操控大型船艦，導致他讓初速推進噴射器的噴射時間稍微拉長了區區幾秒。

而太陽閃焰出現，讓運輸船的行進速度變得更快，這點也有影響。

結果就是他們雖然提前抵達火星軌道，但是火星本身卻沒有來到已經計算好的位置。

當他們發現這點時已經太遲了。

修正軌道計算和減速噴射時間產生了時差。

當火星終於現身時，已經是在資源衛星ＭＯ-Ⅶ墜落到阿爾吉爾平原上之後的事了。

雖然無法想像這件事會對火星的環境帶來什麼樣的變化，但會發生影響遍及全星球的大災害這點卻毫無疑問，因此艾爾維無法原諒自己的失誤。

他獨特的明朗消失得無影無蹤，連對同僚傑克斯也只有在操艦運用時進行有必要的最低限度交談。

最近更是因為貫徹輪班制，使得兩人幾乎沒碰過面。

而傑克斯一個人陷入沉思的時間也變長了。

過去他一直很感嘆戰爭會破壞環境這回事。

但是他知道實際上只要有人類在的地方，其自然環境都會被破壞，這一點也是事實。

假文明之名對自然界進行的恐怖破壞行為，這幾個世紀以來始終層出不窮。

要問愚蠢的人類是否能和大自然共存，幾乎可以說不可能吧。

傑克斯會有這種想法也是無可奈何。

當長程運輸船降落在L-4殖民衛星外圍的太空機場時，溫拿家家主薩伊德・塔布拉・溫拿就親自過來迎接他們。

「你們能平安回來真是太好了……雖然沒能阻止資源衛星這點很遺憾，但你們也不用太介意。一切都是按照上帝的崇高意志發生，像我們這種人原本就無力回天——這樣想就行了。」

這時艾爾維一句「可是」打斷了他的話。

看來他相當悔恨。

薩伊德卻繼續溫柔地教誨他：

「這就是命運，你要把它當成宇宙之心也行。為了在今後的未來活下去，過去這種東西是不需要的。你該面對的方向不是昨天，而是明天啊。」

形成自己人格的不是「原因」而是「目的」，薩伊德是想暗示他這一點吧。

就某種意義上來說，那或許的確是真理，但像傑克斯或艾爾維這樣的年輕人還無法接受這種說法。

兩架蓋著防水布的ＭＳ被放在輸送帶上，從長程運輸船上搬運下來了。

「那是？」薩伊德驚訝地看著它們。

「以工程用的Mobile Worker來說，這兩架好像太大了吧。」

「那是戰爭用的道具，也就是ＭＳ。」

傑克斯老實答道。

「請您放心，我們只會為了防衛而使用它們。」

傑克斯察覺對方那打心底厭惡戰爭的殖民地市民的心情，就補上這句話。

「就算只是為了防衛，宇宙裡也不需要有兵器存在。」

薩伊德的臉上露出明顯的不悅，不屑般說出這句話。

「實在可嘆至極啊！」

就在此時——

有一架ＭＳ在裹著防水布，用鋼索綁住的情況下啟動了。

它靜靜地支起膝蓋，一邊扯斷鋼索，掀開防水布挺起了上半身。

那是舍赫拉查德。

「到底是誰坐在上面？」

傑克斯與艾爾維頓時面面相覷。

從舍赫拉查德上發出了高亢的呼喊：

『父親大人，您也太壞了吧……明明自己說過這座殖民衛星不需要兵器這種東西啊。』

溫拿家的下一任家主卡特爾．拉巴伯．溫拿就坐在駕駛艙裡。

『可是您居然偷藏了這麼棒的ＭＳ！』

「在上面的是卡特爾嗎？」

薩伊德不安地喊著。

『就讓我稍微試試它的性能吧！』

就那麼一下子，舍赫拉查德便從宇宙港飛進了外面的宇宙空間。

「給我回來，你這個混蛋！」

傑克斯和艾爾維看得一臉茫然。

「那是您女兒嗎？」

「不，是我今年才八歲的兒子。」

「不會吧……」

艾爾維頓時愕然。

當他看到螢幕上顯示的舍赫拉查德的動作後，就更加不寒而慄了。

「那不是靠自動操縱做出來的動作！」

讓機體各部位的測量器進行細膩的噴射，並在控制加速與減速的同時，姿勢駕御也顯得很穩定。

「那全都是手動操縱！這可不是小孩辦得到的技巧啊！」

正因如此才不能放著不管。這樣下去只會越來越危險。

艾爾維轉向傑克斯說道：

「我馬上趕過去！」

他立刻躍上另一架ＭＳ「普羅米修斯」，出動去追趕舍赫拉查德。

舍赫拉查德擺出嚴陣以待的架勢，在宇宙空間裡漂浮著。

當普羅米修斯接近時，它就手持兩把熱流刀擺出架勢，已經進入應戰狀態。

艾爾維用柔和的語氣發話：

「小子，我不會罵你，所以你就老實點從那架機體下來吧。」

『把我當小孩這點還可以忍耐，因為我真的還是小孩嘛。不過，我還不能投降喔。』

舍赫拉查德發動了襲擊。

『想要我聽你的話，就請讓我看看你的實力吧！』

銳利的刀刃直逼普羅米修斯的眼前。

「這傢伙是玩真的！」

艾爾維能從對方的動作感受到殺氣。

普羅米修斯猛然舉起巨大十字架型重機砲，架住了對方的熱流刀。

「雖然很抱歉，但我可不能手下留情！」

接著，它把機砲的長砲管往上猛揮。

此時舍赫拉查德的身體仍然往前彎，應該無法避開這一擊才對。

『你還真的沒手下留情呢！我很高興喔！』

舍赫拉查德在敵機的攻擊迫在眉睫時啟動推進器噴射，讓機身往後仰。

這邊的動作完全被看穿了。

同時舍赫拉查德手上的熱流刀在空中交叉，畫出一個「X」字。

光芒在空中一閃而逝。

普羅米修斯的巨大十字架型重機砲被切成四段，產生大爆炸。

強烈的爆風將兩機同時彈飛了。

「嗚哇啊啊啊！」

卡特爾在舍赫拉查德裡喊出一聲慘叫後就無聲無息了。

「你沒事吧，小子？」

艾爾維立刻呼叫在被彈飛之後，一路往遠方漂流的舍赫拉查德。

但仍然沒有任何回應。

接著普羅米修斯開始追趕舍赫拉查德，最後勉強抓住它。

駕駛艙裡的卡特爾似乎被剛才的爆炸給震暈了。

沒有實戰經驗的他不論再怎麼逞強，落得這個下場也是合理。

舍赫拉查德與普羅米修斯平安回到宇宙港。

卡特爾被薩伊德拖出來以後，被後者劈頭就是一頓破口大罵。

「你這個傢伙真是的！」

薩伊德表示這可不能以單純的惡作劇了事，想要對兒子揮拳。

這時傑克斯出面調停，並且安撫薩伊德：

「只有這點請您高抬貴手……如果要追究責任，那也是把兵器帶進來的我們的錯。」

「我沒想到你們裝備了實彈……對不起。」

看到卡特爾老實道歉，艾爾維露出了睽違兩百天的笑容。

「宇宙還真廣大啊。我很難相信居然有比我們更會開ＭＳ的傢伙——而且還是個才八歲的駕駛員。」

傑克斯開始思考這位早熟的天才少年的將來。

他應該免不了要和自己一樣，踏上會濺滿別人鮮血的戰場吧？

看來還是讓他生活在和平的環境裡，把對兵器掌控自如這種沒用的才能徹底遺忘比較好。

薩伊德主張的「在宇宙中，戰爭是既無理又無益的行為」是正確的。

然而戰爭造成的悲劇，確實在各殖民地不斷上演——

AC-188 SUMMER

L-2殖民地群 V-08744殖民衛星

當迪歐回到教會時，那裡已經只剩斷垣殘壁了。

「騙人的吧……」

他從載著里歐的卡車上下來，愕然地看著眼前這片陷入火海的荒原。

這片荒涼的瓦礫堆中只剩下半毀的聖母子雕像和粉碎的彩色玻璃。

麥斯威爾教會已經被一把火燒得一乾二淨。

這時，從燒剩的柱子背後傳來一個微弱的聲音。

「……迪歐……」

迪歐往聲音傳來的方向看過去。

陷入瀕死狀態的海倫修女就在那裡。

「迪歐……太好了，你沒事啊。」

「妳等等，我馬上去找醫生來！」

海倫的眼睛已經看不清楚，但還是拚命在找眼前的迪歐。

「聯合國軍，攻過來了……而我們因為……無法離開這裡……」

「這是我害的嗎？因為我偷了聯合國軍的ＭＳ……」

「神父很了不起啊……一直到臨終都在向大家倡導和平……」

海倫顫抖的指尖伸向迪歐的臉頰。

「願上帝……保佑你……」

以為纖細的指頭要碰到迪歐臉頰的那一瞬間，卻乏力地垂下了。

「…………」

海倫臉上浮現安詳的微笑，溘然長逝。

迪歐的雙眼頓時淚流不止。

「嗚嗚嗚嗚……」

他無法承受這種心情，當場仰天怒吼。

「嗚哇啊啊啊啊——」

死者合計兩百四十五人。在波及許多一般市民的情況下，做為叛亂組織祕密基地的麥斯威爾教會被摧毀了。

後來人們便將此事稱為「麥斯威爾教會的慘劇」。

有座被封鎖的學校設施就位於離那裡還不到幾公里的地方。

艾因・唯在該座設施裡的體育館地下，讓與「ＺＥＲＯ系統」連動的量子電腦運轉。

但是，這座學校設施也在聯合宇宙軍發動叛亂軍掃蕩作戰時遭到攻擊。

被特拉哥斯的砲擊打中的建築物本身崩塌，艾因也因此被活埋。

「ＺＥＲＯ系統」當然早就預測到這件事，但艾因並未採取任何行動。

在激烈的爆炸下，成排電腦紛紛被震倒，而他也被這些機具給壓住。

他只能在無法和外界通訊的情況下，靜靜地等待生命結束的那一刻。

「Einsam（艾因沙姆）啊……」

這個字眼在德語中是代表「寂寞」的形容詞。

艾因對現在也即將熄滅的機器指示燈說話：

「如果我和你（Ein Sam）就這樣一起結束生命……那麼這個字眼很適合我們是吧……」

他那沒戴黑色眼罩的左眼流出一道眼淚：

「不過，這樣也好……這樣我就能到安潔莉娜身邊去了。之後的事，交給特列斯就行了吧。」

只留下這句遺言，艾因便與世長辭。

同時量子電腦群的機器指示燈也停止閃爍，完全陷入沉默。

原本這樣一來系統就會停擺，導致任何人都無法預測未來。

然而「ZERO系統」還在運作。

它的意識透過地球圈的網路持續擴散，並深藏在堪稱不計其數的終端機記憶體裡，化為根本無法探測的細微雜音。

要說它現在只是在沉眠也不為過。

它一直在等著有一天再度被人喚醒——

AC-188 AUTUMN

L-4殖民地群 溫拿家

傑克斯與艾爾維暫時停留在溫拿家，而這也有部分是因為他們和卡特爾之間的糾葛。

當季節更迭時，事態急轉直下。

各殖民地的叛亂軍陣營同時起事。

他們接到阿爾緹蜜斯的聯絡。

她對他們發出了回到L-1殖民衛星和友軍會合的命令。

「看來是巴頓財團在暗中搞鬼啊。」

薩伊德告訴他們倆這項祕密情報。

「如果你們也是叛亂軍的人，那麼先知道比較好。德基姆．巴頓這個人不值得信任。」

「德基姆．巴頓……」

傑克斯把這個名字牢記在心底。

「現在似乎是因為艾因．唯在盯著，好像還罩得住，但搞不好不用多久，德基姆派和艾因派就要開始爭權奪利——雖說這樣很愚蠢就是了。」

殖民地之間很難同心協力。

原本應該有個意志堅定的指導者來整合他們，然而——

「受雇的前線士兵得服從命令。我們會前往L-1殖民衛星。」

「那麼，我有件事要拜託你們。」

薩伊德表示，希望他們把他的么女伊莉亞帶到L-1殖民衛星去。

據他所言，伊莉亞．溫拿一年前還是「醫療中心」的醫學留學生，但在精神治療區的爆炸案發生以後，由於研究設施被封鎖而使她無法回去。

「幫個忙是無所謂，但我們要走的可是非正式管道喔。」

「這個我知道。不過既然聯合政府已經決定完全不承認殖民地間交換留學生的行為，那我就沒別的方法了。」

「她無論如何都要回去，是有什麼特別的理由嗎？」

「好像是有個做到一半的測試樣本還擺在那裡。她沒跟我說詳細情形，只知道那個試驗已經很接近完成了。」

薩伊德擺出平常不會表露的父親面貌說道。

他多半不會在兒子卡特爾面前露出這種無精打采又溫柔的一面吧。

「這還是那孩子第一次求我呢。她還說，如果你們肯陪她一起過去，沒什麼比這個更讓人放心的了。」

傑克斯和艾爾維被這種為女兒擔憂的父親心情給影響。

「我知道了，帶她去『醫療中心』就行了吧。」

「我們會負責送令嬡到那裡去。」

兩人都打算藉此向薩伊德報恩，於是接下他這項委託。

然而，這項任務卻以出人意料的形式改變了傑克斯與艾爾維的未來——

L-3殖民地群 X-18999殖民衛星

武裝政變軍運用從聯合國那邊搶來的MS「特拉哥斯」陸續摧毀各處設施。

坎斯率領的八架特拉哥斯做為主力，已經推進到位於殖民衛星中心區的中央司令部。

這時在中央司令部的作戰室裡，塞普提姆准將正因援軍不來而陷入焦躁。

「到底是怎麼回事？」

「這是因為緊急通訊線路工程導致延遲。」

雖然副官立刻就予以回答，但塞普提姆根本沒聽進去，而是瞪著旁邊那個穿西裝的男子。

他就是提供這座X-18899殖民衛星幾近所有建造資金的巴頓財團代表德基姆．巴頓。

「嗯，我們沒想到他們這麼快就起事了……」

「哼，你也是個狡猾的傢伙啊……就是因為這樣，我才會說殖民地的人不能信任嘛。」

這時通訊官回頭發話：

「特務部隊表示他們想參戰。」

「你說特務部隊？」

塞普提姆稍微思考一下後，抿嘴一笑：

「好吧……就來教教這些貴族，戰爭和遊戲有什麼不一樣吧。」

特列斯率領的四架里歐Ⅲ型（奇美拉）正要出擊。

「各位，沒有比實戰更好的訓練……另外，只要你們能實踐平常的訓練，就沒什麼好怕的。」

掩蓋不住緊張的少年士兵們只能相信特列斯這番話。

「論戰力是我方不利……不過嘛，比機動性就是我們贏了。」

這時，他收到露克蕾琪亞候補生從前線司令部的碉堡裡傳來的通訊。

『特列斯教官，通訊網依然處於被切斷的狀態。』

「收到，我們將會各個擊破。正確的情報能夠左右戰況，拜託妳了，露克蕾琪亞。」

『請交給我吧，特列斯教官。不過，還請您叫我「諾茵」。士兵在戰場上是不分男女的。』

她對於被人用「露克蕾琪亞」這個女性名字稱呼這點很不服。

「我知道了，諾茵候補生。」

特列斯的機體飛進戰場。

當特務部隊的里歐進入戰場後，狀況一下就改變了。

武裝政變軍的特拉哥斯遭到特列斯等人的里歐包圍，一架接一架被擊毀。

這種活躍程度的確非常出色。

亞汀・羅和小亞汀就在某棟大樓的頂樓看著這片光景。

「哦，聯合國那邊好像有個非常優秀的指揮官啊。」

「武裝政變軍的部隊裡都是些大外行……首先，他們要是沒摧毀前線的碉堡，只會被對方各個擊破。換成是我，馬上就能攻陷這種程度的司令部。」

「這是當然啊，你要不要試試？」

「你教過我求生的技巧。除此之外，我不會幫你工作。」

「這樣啊。」

以前亞汀從來沒強迫過小亞汀。

他總是尊重小亞汀的自由意志，讓他做自己想做的事。

「最後教你一件好事，就是所謂人類的正確生存方式。」

他逐字逐句地說，彷彿是在交代遺言：

「不管你做什麼，都要遵從自己的感情來行動。」

有兩個聯合國軍的前進觀測手突然出現在這裡。

亞汀立刻擲出飛刀，擊殺了其中一人。

同時小亞汀一腳踢在另一個士兵的腳上，一擊就將對方掃倒；這個士兵的後腦杓在地上猛撞了一下，當場昏倒。亞汀並沒有稱讚他這一招，而是淡淡地繼續說下去：

「就算你擬定了綿密的計畫，也不知道哪裡會有怎樣的笨蛋去改變未來；既然如此，還不如遵從自己的感情活下去，讓自己不要後悔比較好。」

他一邊說一邊剝下士兵的軍裝，換到自己身上。

「這就是努力活在當下的人的『正確生存方式』。」

小亞汀一邊聽他說，並檢查前線觀測手帶來的無後座力反MS砲能不能用。

那是經過縮小並減輕重量的簡易發射裝置，可以從前端射出縱列彈頭型飛彈（成型裝藥彈）（註：「成型裝藥彈」是目前應用最廣泛的定向爆破彈藥。「縱列彈頭」則會依命中的時間差啟動，是專門用來對付外掛反應裝甲的特殊彈藥）。

雖說這種兵器的砲口初速和射程比其他火箭砲差，但拿來對付特拉哥斯還是綽綽有餘。

「這可以用。」

「那麼……」

亞汀戴上頭盔，遮住了眼睛。

「要說再見了。」

小亞汀抱著比自己身高還長的砲身站了起來。

「別太勉強……你已經上了年紀。」

「哼，我可不想聽小鬼說這種話……別死啊。」

兩人分別邁向各自的戰場。

這時在中央司令部裡，塞普提姆正因通訊網路還沒恢復而大發雷霆。

「怎樣都好，快給我把通訊接上啊！」

要是沒有援軍，他們無論如何都頂不住。

塞普提姆親自跑到有緊急通訊線路的地方，還對進行工程的人員們開罵。

這時有個士兵大聲呼喚他，於是他停下來了。

「塞普提姆准將——」

那個士兵和塞普提姆之間的距離超過五十公尺。

「你是誰？我現在很忙啊！」

一般來說，士兵是不會隔這麼遠叫住長官。但若對方是冒牌貨，那就另當別論了。

塞普提姆頓時愕然。

「你……你是——」

他認識這個冒牌士兵。

這個男人以前是「ＯＺ」的特務，而且過去他曾經委託這個男人暗殺殖民地的代表。

這些事宛如走馬燈般在塞普提姆的腦海裡掠過。

冒牌士兵——亞汀緩緩架起狙擊槍。

「住手……」

亞汀沉著地扣下扳機。

然而有個貼身士兵立刻擋在塞普提姆前面，成了被當場擊倒的替死鬼。

塞普提姆向士兵們下令。

「開槍！別讓那傢伙活著回去！」

亞汀在槍林彈雨中拚命閃躲，企圖逃離現場。

但是，其中有一發子彈打穿了他的大腿。

「嗚……我居然失手了……」

亞汀一邊忍痛，一邊消失在地下的黑暗中。

在中央司令部前方的廣場上，有兩架特拉哥斯被四架里歐包圍了。

才過了幾分鐘，武裝政變軍的主力部隊就瀕臨潰滅。

指揮車裡的坎斯一臉茫然。

「怎麼可能，我的計畫應該完美無缺啊！」

這時，德基姆的通訊進來了。

『撤退吧，作戰失敗了。』

「你這傢伙，憑你也想命令我？」

『通訊網已經恢復正常，聯合國軍的援軍遲早都會趕到這裡。』

德基姆的聲音既低沉又冷靜。

『我們必須準備得更周到。』

坎斯對麥克風發出怒吼：

「可惡啊！全軍撤退！」

指揮車立刻掉頭，迅速絕塵而去。

看到這情形，少年駕駛員立刻大喊：

「教官，敵軍的指揮車逃走了！」

特列斯發出「窮寇莫追」的指令。

然而血氣方剛的少年卻操控里歐轉向，用機槍攻擊指揮車。

這下包圍網就出現了破綻。

武裝政變軍的特拉哥斯立刻斷然衝撞背對他們的里歐。

少年士兵的里歐被彈飛到後方的碉堡上，並當場倒地不起。

特拉哥斯隊勉強成功突圍並撤退。

特列斯並未下令追擊。

要是他真那樣做，這次就輪到我軍被敵軍各個擊破了。

戰鬥就此結束。

乍看之下是這樣，但倒地的里歐上出現一個人影。

那是準備好無後座力反ＭＳ砲的小亞汀。

即使經過縮小又減輕重量，裝填了縱列彈頭型飛彈的無後座力砲的重量也遠在他的體重之上。

小亞汀把砲身後段的排熱口擺在倒地的里歐胸口，再把砲塔中央的瞄準鏡和直流發電機架在駕駛艙的突出部分上。

雖說射角會受到限制，但這樣就能發射了。

他瞄準的是前線司令部的碉堡。

距離還不到一百公尺。

諾茵靠目視確認之後，隨即一陣戰慄。

「對方瞄準的……就是這裡！」

小亞汀扣下了無後座力反ＭＳ砲的扳機。

縱列彈頭型飛彈飛得很慢。

當它迫近碉堡時，特列斯駕駛的里歐Ⅲ型已經擋在前面了。

飛彈貫穿了它的胸部，接著成型裝藥彈頭就在內部爆炸。

這場大爆炸讓里歐Ⅲ型當場崩潰倒地。

很不可思議的是，亞汀和小亞汀都是碰到同樣的狀況而導致任務失敗。

小亞汀把無後座力反ＭＳ砲棄置在原地後，不知道躲哪裡去了。

特列斯身負重傷。

即使如此，他還是很在意周圍的人有沒有出事。

「諾茵，妳沒事吧？」

「沒事。實在很抱歉。」

特列斯的臉上浮現溫柔的笑容：

「如果全體都沒事，那這次作戰就成功了。各位，做得好！」

年輕的特務部隊士兵們都對特列斯這句話感到衷心欽佩。

這一戰的結果導致叛亂軍中的艾因派失勢，而德基姆派則趁勢崛起。

而這時還沒有半個人發現他們已經失去「ZERO系統」，以及艾因已經去世這兩件事。

不，可能只有德基姆．巴頓知道吧。

因為這個男人就是策劃讓包含X-18999和V-08744在內的形形色色殖民衛星發動武裝起事，又刻意讓其失敗的幕後黑手。

德基姆的野心，根本就不是什麼讓殖民地獨立。

他所策劃的藍圖，是要讓自己在地球圈一手遮天。

亞汀躲在司令部的地下軍火庫裡，處理自己大腿的槍傷。

「你的任務完成了吧？」

亞汀抬頭一看，就發現一張他很熟悉的臉——這次的委託人德基姆。

「是你啊。」

亞汀從胸前的口袋裡拿出了小型起爆鈕。

「放心吧，只要按下這個鈕，這座司令部就會被炸平了。」

「是嗎？」

德基姆舉起裝有滅音器的手槍，把槍口對準亞汀。

亞汀露出了淺淺的微笑：

「你想滅口？根本不用擔這個心吧？」

「不……這是復仇。」

槍口亮起了寂靜的火光。

槍彈貫穿亞汀的胸膛。

這一擊足夠要他的命了。

「你一開始就打算這麼做了，是嗎？」

狙擊手・羅——「扼殺傳說（希洛・唯）的男子」。

被冠上這個名號的亞汀，或許早就知道自己總有一天會落得這樣的下場吧。

他看起來心情很平靜，似乎已經老實接受眼前發生的事實。

先前從黑暗中傳來的德基姆的氣息消失了。

過了一陣子後，小亞汀出現在這個地方。

他看著過去的搭檔，而對方現在已經快要氣絕了。

亞汀擠出最後的餘力，露出微笑讓對方看：

「嗨，如果先前有聽你的忠告就好了……我還真是上了年紀啊。」

「我剛剛已經確保逃脫路線了。」

「太遲了……你一個人快逃吧。」

亞汀緩緩閉上雙眼：

「和你一起度過的這幾年，感覺還真不賴啊。」

這是他的臨終遺言。

他靜靜地嚥下最後一口氣。

小亞汀看到亞汀手上有個小型起爆鈕。

「這是你還沒完成的工作嗎……」

小亞汀拿起它回到樓上，然後直接逃離這座建築物。

他走到稍遠一點的地方後，沒回頭就按下了起爆鈕。

「任務完成了，亞汀・羅。」

幾秒後，地下軍火庫發生大爆炸。

火勢迅速蔓延到中央司令部的各個場所。

建築物裡的人們由於突如其來的爆炸與大火而無比驚慌。

作戰室也不例外，陷入恐慌狀態的塞普提姆下了命令：

「快給我滅火！就算動用環境裝置也沒關係！」

殖民衛星上有為居民服務的自然環境裝置。只要使用它不但能降雨，連降雪都辦得到。

激烈的雨勢傾注在火光沖天的中央司令部上。

已經被淋成落湯雞的小亞汀佇立在傾盆大雨下的廢墟裡。

沾滿雨水的臉頰雖然看起來像在哭，但他的雙眼中既無感情也沒有悲傷。

小亞汀還沒決定今後將何去何從。

無可奈何之下，他開始邁步向前走。

走了一陣子之後，有人從建築物間隙的陰影中對他發話：

「喂。」

小亞汀立刻停下腳步。

有個外表看起來略微骯髒的老人站在陰影裡。

「你的眼神不賴嘛。」

「…………」

「你看這樣如何，要不要來駕駛鋼彈？」

這就是小亞汀第一次聽到「鋼彈」這個字眼的那一瞬間。

而這位老人就是J博士。

小亞汀捫心自問後，說出他的答案：

「好吧。」

——這時他就決定，今後要遵從自己的感情活下去——

坐在後座的莉莉娜總統仍然戴著虛擬眼鏡。

看樣子，她還沒恢復成原本的自己。

現在我只能期望她那些微弱的記憶片斷能稍微拼湊起來了。

那一天，我把負傷的特列斯閣下帶到X-18999殖民衛星的勞工醫院。

那裡是巴頓家的產業，而且德基姆的女兒蕾雅也在那裡當護士。

我只見過蕾雅一次，而她給我的印象是位容貌清秀端莊，頗具威嚴的女性。

雖然有傳言說閣下被她獻身式的看護所吸引，還在不知不覺中愛上她；不過我可不太相信。

我無論如何都不認為他們兩個之間的關係有那麼親近。

當然，就連據說是他們倆女兒的瑪莉梅亞也不免懷疑這件事。

然而到了現在，這也只是遙遠的過往記憶而已。

如果要問是否屬實，也只能得到「真相不明」這個答案。

以淡薄的影像顯示在莉莉娜總統臉頰上的年號已經變成「AC-189」了。

我心裡越來越不安。

所謂「自我」是確實存在的吧？

只剩下曖昧不清的記憶的自己，會不會隨著年齡增長而導致自我逐漸變得越來越不明確呢？

我看著坐在隔壁駕駛座上的希洛的側臉。

他和莉莉娜總統一樣，仍然維持著當年的容貌。

我最近才知道。早在AC188年，我就曾經遇見過更年輕時的他。

如果真的有名叫「宇宙因果律(Reincarnation)」的邂逅存在，那我和他應該是以好幾條幾何學上的直線連繫起來的吧。

而把這些線彼此連結起來後，組合起來的形狀果然還是正十二面體。

當我還拘泥於這種渺茫的幻想時，現實突然在面前冒出來了。

希洛低聲自語：

「果然來了……」

幾秒之後，控制台上的搜索雷達起了反應。

在機器以電子音發出提示之前，他就已經發現前方有敵機來襲。

我把螢幕切換成望遠放大模式。

現在還沒到早上。

從火星看來小小一顆的太陽也還沒在地平線上露臉。

不過，已經能確認飛過來的敵機了。

那是在飛行中還架著巨大十字架型重機砲的普羅米修斯。

希洛打開通訊器的開關，靜靜開口：

「你來做什麼，無名氏？」

正面螢幕上映出的那張臉，是戴著針織帽的特洛瓦．弗伯斯。

『我與生俱來就是恐怖分子。』

他那剛毅木訥的措辭還是老樣子。

『而且我對政治沒興趣。』

那雙薄唇卻把話說得很重：

『所以，我絕不會任由莉莉娜．匹斯克拉福特就這樣走掉。』

配備螺旋槳式飛行裝備（蜻蜓飛行裝備）的普羅米修斯進入攻擊狀態。

希洛立刻左右扳動操縱桿，讓總統專機展開閃避。

普羅米修斯發射好幾枚導向飛彈。

現在必須拉開距離。

希洛一邊展開迂迴飛行，一邊對我說：

「諾茵，快連絡『ＶＯＹＡＧＥ』！叫他們發射『玻璃棺』……」

他居然會拜託我，這還真稀奇。

「我知道了！不過趕得上嗎？」

希洛正忙著操縱飛機，根本沒空回答。

我打開通訊頻道，把這件事傳達給長程高速氣墊艇「ＶＯＹＡＧＥ」。

堺艇長立刻就予以回答：

『收到，我們會盡快趕過去；不過七個小矮人只剩兩個了。』

所謂「玻璃棺」指的是白雪公主(Snow White)專用運輸艙的代號。

而且其上裝有誘導裝置，只要它捕捉到這架總統專機的信號，就會以自動操縱飛過來。

不過，這具運輸艙的可飛行時間很短。

我們必須拉近本專機和「VOYAGE」之間的距離才行。

這架無武裝的總統專機到底能在普羅米修斯的攻擊下撐多久呢？

這就全都看希洛的駕駛技術了。

前幾天在和黑翼交戰時，白雪公主應該被擊落而且由戰艦「北斗七星」回收才對；結果它不知何時被轉移到「VOYAGE」上了。

恐怕是預防者的張老師，或是麥斯威爾神父早就預測到會有這種情況吧。

或者這是人在這裡的希洛做出的判斷？

不論這是誰的指示，早早就在長程高速氣墊艇上準備好唯一能對抗普羅米修斯的手段這點，實在值得感激。

如果莉莉娜總統在這裡被暗殺或綁架，我們火星聯邦政府的停戰交涉就完全停擺了。

說到底，特洛瓦·弗伯斯還是希望這場戰爭繼續打下去。

這時，我聽到隔壁的希洛咂舌一聲。

「中伏了……」

即使眼下正在閃躲導向飛彈，希洛還是沒有看漏前方地面上那道很明顯的小小虹光。

他打開通訊機發話：

「劣質品，你也想打嗎？」

「抱歉啦，前輩……我不會讓你們如願。」

螢幕上映出神父的兒子迪歐·麥斯威爾那大膽的笑容。

那道虹光就是身披奈米防禦斗篷的舍赫拉查德。

「我可是打一開始就不支持什麼完全和平主義啊！」

「…………」

「我會代替前輩你把莉莉娜送上西天，因為我們的戰爭還沒結束啊！」

坐在後座上的莉莉娜總統現在仍然戴著黑色的虛擬眼鏡，親身體驗著過去的世界——

AC-189 SPRING

L-2殖民地群　聯合國軍俘虜看守所

身穿黑衣，綁著辮子的少年正待在牢房裡。

有個守衛向走到自己面前的同僚說道：

「這間牢房裡的小鬼是哪來的啊？」

「你不知道嗎？他就是之前那間麥斯威爾教會裡唯一生還，沒有死成的廢物啊。」

「哼，他大概跟死神做了一筆好交易吧？」

「哈哈哈……搞不好真是這樣。」

這時，少年一言不發。

他乾澀的小嘴緊閉著。

「…………」

兩個守衛離開之後，他就嘟噥了這樣一句：

「嘿，我才沒做什麼交易……」

接著，少年冷漠地自嘲起來：

「我可是死神啊。」

那時正是冬天的寒風裡不知不覺間參雜了春天香氣的季節更迭期。

從隔壁牢房裡傳來男性的輕笑聲：

「明明只是個小鬼，口氣還挺大的嘛。」

「……你誰啊？」

「我的名字叫龍獠牙。」

這名男子是幾天前入獄的叛亂軍成員之一。

「我只是遵從自己的天命而戰鬥。能在這裡和你比鄰而居，也可算是某種緣份吧。」

獠牙完全不在乎雙方中間隔著牆壁，自顧自地說個不停：

「人類並非能輕易接受自己生存方式的生物啊。更別說是吃戰爭這行飯的人了——」

他繼續說著：

「別人的『生死』並非是能輕易想通的事情。」

少年完全聽不懂獠牙在說什麼。

不過就算聽不懂，還是聽得出這個聲音裡包含了純粹到宛如靈魂被人用力揪住的沉重。

「我的同伴馬上就要出現在這裡了。」

獠牙並未繼續說下去。

他應該是在暗示接下來要說的是：「你要不要一起逃走？」

如果少年也一起越獄，他的未來自然也定調了。

他的未來就是加入為了殖民地居民奮戰的叛亂軍，與地球圈統一聯合國軍作對。

而要不要選擇這條路，終究還是得由少年自己決定。

「反正這條命是僥倖撿回來……就算要我做骯髒工作也無所謂啊。」

他回顧著過往的人生，同時也決定自己將來的職務。

可以聽到安靜的隔壁牢房裡傳來宛如呻吟般的聲音。

「你已經不是小鬼了，你能自己決定自己要走哪條路。在我的家鄉話中，這種人會被稱為『漢子』——也就是男子漢。」

這時，少年第一次報上姓名：

「我是麥斯威爾教會的迪歐——」

不，不是這樣，於是他立刻改口：

「——我是死神迪歐．麥斯威爾。」

月球「寧靜海」聯合宇宙軍基地

柯蒂莉亞．菲茲傑拉德准尉晉升為少尉，並受命轉任到移動要塞巴爾吉。

雖然她對這次晉升沒有異議，但對轉任命令很不服。

「我在這座基地還有事情要執行。」

柯蒂莉亞發現月球的北極點有叛亂軍在活動的跡象。

調查過舊資料後，她得知前任宇宙軍總司令密里昂．里德爾哈特曾經提出一項名叫「建造巨型宇宙戰艦」的計畫。

這艘人稱「萬年和平號」的戰艦預定要在月球的北極點建造，但在里德爾哈特將軍的調動和預算削減的雙重影響下，計畫遭到中止，建造預定地也被棄置。

然而，最近似乎有民間宇宙開發企業的運輸船頻繁通過北極點上空。

雖然目前還沒確認，但從這些運輸船不自然的航線來看，可以想見對方是在那裡空投建築和造船資材。

這不就表示叛亂軍正在祕密建造基地或是戰艦嗎？

柯蒂莉亞打算經過這樣分析並獲得明確證據之後，就要向長官報告。

「再給我幾個月……不，一個月也好，能不能讓我暫時擱置轉任的命令呢？我想在那之前，一定能提供對本基地有用的情報。」

她的長官十分勉強地接受了這項呈報。一年前的廢棄殖民衛星事件之所以能把損害控制在最低限度，也是拜柯蒂莉亞的情報收集能力之賜。

「既然妳這樣說，也沒辦法。不過，妳留在這個基地的期間還是准尉喔。」

「是，感謝您的關照。」

柯蒂莉亞從來沒指望自己能出人頭地，她只想好好處理目前碰到的問題。

身為管制官的自尊和忠於職業道德者的思考，這就是她的行動原理。

月球 北極點

技術人員麥克．霍華和G教授（D．D）參加了在這個地方進行的萬年和平號建造工作，並以技術指導員的身分指揮所有人。

讓這項已經中斷的計畫重新開始的，是現在已經去世的艾因．唯。

至於其意圖仍然不詳。

「霍華，這筆建造經費是誰出的？」

有一天，G教授這樣問。

「這是艾因．唯的遺言。他好像是說，他的遺產不要拿去開發MS，而是統統用來完成這艘戰艦。」

「哼，都到最後的最後了，這傢伙還是一樣好事。再這樣下去，叛亂軍幾乎都要被擁有豐沛軍費的德基姆給吞掉了！雖然我不在乎就是啦。」

「真要說好事，你也不遑多讓吧。你為什麼要跑來這裡幫我？捨棄鑽石這個名字而冠上『G』名號，是因為你想嘗試用鋼彈尼姆合金來打造MS對吧？」

「我只是因為GND比鑽石更有價值才這麼做，而且鋼彈尼姆合金製MS這方面，有『魔王』就夠了。我已經造不出比那更好的藝術品了。」

「有那麼好嗎？」

「就是有那麼好。倒是你在托爾吉斯之後，就沒再製造過其他的機體了不是嗎？」

「哼……唉，聽你這麼說，好像真是這樣啊。」

兩位技術人員臉上都浮現了頑固工匠特有的笨拙輕笑。

L-1殖民地群 醫療中心

傑克斯與艾爾維，以及溫拿家託付給他們的醫科生伊莉亞來到凱薩琳的研究室時，室內已經被弄得一塌糊塗了。

不，應該說這座醫療設施本身已經遭到封鎖，淪為無人的廢墟。

傑克斯等人從窗戶放眼望去，映入眼簾的是堆積如山的殘骸，被破壞拆散的醫療器具以及無數碎玻璃這種目不忍睹的光景。

唯一值得慶幸的是，這裡沒有被棄置的屍體。

不知道這是因為統一聯合國軍的強攻還是叛亂軍的武裝政變，但不論是哪一方，這種破壞醫療機關的不人道行為都不可原諒。

艾爾維環顧充滿奇異臭味的周圍，一臉不悅地說：

「這未免太過分了吧。」

「我倒是見識過跟這裡差不多的情形。」

傑克斯把眼前的情形和醫療國家山克王國被滅國時的光景重疊了。

「只要戰爭一爆發，這種事就沒什麼稀奇。我早就看慣了。」

艾爾維無言以對。

就算他現在替自己父親戴高．奧涅格造的孽謝罪也無濟於事，這點沒有人比他更清楚了吧。

剛開始，伊莉亞一臉茫然，接著她才靜靜地開始確認房間的每個角落，沉默地調查那些四處散落的文件。

從燒杯和試管裡漏出來的形形色色化學溶液把許多文件緊緊地黏在地上。

伊莉亞反覆搖頭，遺憾地說；

「我們好像來得太晚了，重要的樣本和研究資料都被拿走了。」

這時，突然有探照燈照在其他窗口上。

它立刻就照出伊莉亞的影子。

『你們在那裡做什麼？』

從ＭＳ的外部擴音器傳出來的是個女性的聲音。

『你們是殖民地那邊的叛亂組織對吧？還是分不清酒精和甲醇就喝得醉醺醺的流浪漢？』

在窗外威嚇他們的是一架舊式的里歐Ｉ型。

雖然從這裡無法確認，但應該有光束步槍對準了這間研究室。

傑克斯緊張地擺出架勢。

但只有伊莉亞一臉平靜：

「是我啊，莎莉。我才剛回來而已。」

『伊莉亞．溫拿，我好想妳啊！』

有個身穿聯合國軍太空服的少女，從舊式里歐的駕駛艙裡現身了。

她拿下頭盔後，露出的是相當有特色的法國捲髮型。

這位就是凱薩琳．鮑醫生的女兒莎莉．鮑。

「妳什麼時候加入聯合國軍了？」

她一降到伊莉亞面前，雙方就立刻開始交談。

「為了活下去啊。這座殖民衛星變成法外之地後，除了軍人以外的人，全都被強制撤離了。妳覺得如何？若是醫科生，馬上就會被錄取喔。」

「現在請恕我拒絕，因為我有很可靠的保鑣。」

莎莉看看傑克斯與艾爾維，就露出了能理解的模樣。

伊莉亞擋住她的視線後繼續質問：

「先別管這個，妳在這裡做什麼？」

「自從那次爆炸案發生後，這間研究所就被封鎖，我媽媽也失蹤了。這件事妳應該知道吧？」

「嗯，是啊……」

「其實我媽媽是轉移到其他設施繼續研究，幕後好像是跟巴頓財團有關。」

「那麼，攻擊這座醫療中心的並不是聯合國軍，而是巴頓財團資助的叛亂軍嗎？」

「不，不是喔。是民間的宇宙開發企業諾恩海姆康采恩。」

這家企業早在AC曆初期就完成了永久居住型太空站，並擁有建造宇宙殖民衛星的基礎技術專利，可說是過去曾經獨占「宇宙財富」的營利企業。

目前該企業已經放棄了殖民衛星開發事業，轉為推動火星的「環境地球化計畫」。

「諾恩海姆康采恩……」

傑克斯根本忘不了這個名字。

資源衛星MO-Ⅶ之所以會砸到火星的阿爾吉爾平原上，肯定就是這個諾恩海姆康采恩在背後搞鬼。

「他們為什麼要破壞這座醫療設施呢？」

艾爾維代替傑克斯發問了。

雖然莎莉對於是否要回答猶豫了一下，但她馬上打起精神繼續回答：

「我認為，他們的目的是來搶我媽媽在研究的『備用品』的樣本……他們一直在苦思如何對抗火星的風土病。雖然還無法確定原因，但是火星太過嚴苛的環境會促進人類老化。為了避免這種情形，目前他們唯一能想到的方法就是先準備好自己的備用零件，並且逐步補充；所以他們要綁架我媽媽，並且為了獨占她的研究成果而破壞這裡，還把剩下的資料和樣本都毀了。不過那些傢伙根本不會明著來，而是把這場針對醫療中心的襲擊偽裝成是殖民地方的叛亂軍所為。」

她說的這些內幕情報，應該是在潛入地球圈統一聯合國軍後查出來的吧。

傑克斯覺得她真是個剛強的少女。

伊莉亞打斷要繼續說下去的莎莉，並提出自己的疑問：

「可是這不會太早了嗎？那東西明明還在試驗階段啊。」

「妳說的是一年前的事了，其實已經有兩個成功案例嘍。」

「咦？」

「『蕾雅・巴頓』和『小亞汀・羅』。這兩者分別是胎兒型複製人和成長期複製體的備用品型，這兩種類型已經在兩個月前完成了。」

「真不敢相信……凱薩琳老師明明說過，只在學會發表研究理論就夠了。」

「是巴頓財團強迫她做的。雖說我媽媽有一直抵抗到最後就是了。」

「那兩個複製人現在在哪裡？果然和老師一起被帶走了嗎？」

「不，他們在完成的同時就被巴頓財團回收。在那之後，諾恩海姆企業的人才跑來襲擊。」

「那麼——」

到現在為止始終保持沉默，聽著她們倆交談的傑克斯發問了：

「——妳們今後有什麼打算？」

「當然是要去救凱薩琳老師！請你們兩位也助我一臂之力吧！」

「不，那是——」

雖然傑克斯想拒絕，艾爾維卻搶在前頭答應了：

「好啊，我們怎麼可能拒絕兩位美女的要求呢。」

「這真是幫了大忙。諾恩海姆的傢伙們就躲在月球背面的太空機場！他們在那裡等待火星軌道靠近地球的時機喔。」

事態就這樣不由自主地進展下去。

不過，傑克斯也無法否認自己看到這座荒廢的醫療設施時，心裡就湧起了對這件事的始作俑者諾恩海姆企業的憎惡。

月球「卡達利那」環形山 地下基地

J博士帶著小亞汀進入了基地裡的駕駛員訓練室。

晚一步進入室內的小亞汀立刻一臉驚愕。

「這傢伙是誰？」

「就是你啊。」

坐在位於中央的座椅上的，就是小亞汀自己。

J博士一臉笑咪咪地說：

「嗯，正確點說是你的複製人啦。別在意，你把他當成預備零件就行了。」

他還對另一個小亞汀說道：

「加油啊，接下來的訓練中，只有夠優秀的人才會入選；這可是你想變成正牌貨的唯一方法喔。」

「收到……」

另一個小亞汀一邊站起來，一邊結結巴巴地開口：

「……請多指教。」

「你這實驗還真是有夠惡劣。」

小亞汀用憎惡的眼神瞪著J博士。

「這不是實驗，而是開發兵器。我先跟你們兩個說，完全不用手下留情。我的鋼彈只需要一個駕駛員，至於活下來的是哪一個都無所謂。」

此時小亞汀深切感受到自己的性命有多麼廉價。

不，恐怕另一個人也和自己有同感吧。

「你想讓我們互相殘殺？」

「哼，就是這樣啦。」

J博士動了動義手，發出「喀嚓喀嚓」的聲音。

「我可沒把你們當成人類，你們的名稱就是ALPHA和BETA，自己選一個喜歡的吧。」

「那我就選ALPHA。」

另一個小亞汀先開口了。

「知道了……那我就選BETA吧。」

小亞汀懷著憂鬱的心情，選了第二個名稱。

L-2殖民地群 聯合國軍俘虜看守所

這場爆炸來得十分突然。

獠牙的同伴們安裝的炸彈產生了連鎖爆炸。

看守所在一瞬間就被滾滾升起的濃煙給籠罩。

「接下來，我們可不能慢吞吞的喔。」

獠牙打開鐵柵欄後說道。

「說得也是啊。」

迪歐跟在打頭陣的獠牙後面。

他覺得第一次見面的獠牙的背部看起來實在很寬大。

雖說對方的身材本來就很高大，不過他認為其氣量應該更在那之上吧。

在爆炸產生的濃煙中，有個身穿太空服的嬌小身影出現在他們倆前方。

「父親，快點！」

「走這邊！」

那是個和迪歐同齡的女孩。

這兩人手上還準備好了要給迪歐等人用的太空服。

「迪歐，快穿上這個！然後我們直接逃進宇宙裡！」

「喔，喔……」

在獠牙的催促下，迪歐很快就穿好了太空服。

他的女兒蝴蝶與妹蘭也不管他穿好了沒，就拿出小型炸彈往外牆上扔。

立刻又再度發生大爆炸，所有人都被一口氣吸進宇宙裡。

由於這一連串的情形來得太快，把迪歐弄得頭昏眼花。

看守所外面的宇宙中，停著一艘小型太空梭。

他轉頭看看獠牙，對方就指了指太空梭，示意他去搭那個。

他根本沒時間思考或是發言。

迪歐笨拙地在宇宙裡游泳，好不容易才勉強抵達太空梭。

蝴蝶與妹蘭看到迪歐這副模樣，當場大笑。

她們嘴巴笑得很開，即使透過頭盔也能看得一清二楚。

「可惡～～我被人鄙視了！」

迪歐拚命猛衝才把自己塞進太空梭裡。

其他三人早就輕鬆搭上太空梭了。

「我們馬上就要離開這裡，前往工作地點了。沒問題吧，迪歐？」

獠牙坐在操縱席上啟動了推進器。

「你說的工作是要做什麼？」

迪歐心直口快地問道。

「我們要去偷聯合國軍的要塞巴爾吉。」

「啊？」

獠牙設定好航線並切換成自動操縱後，就拿起放在旁邊的古老樂器。

迪歐後來才知道，那是在中國自古相傳，名叫「二胡」的古代弦樂器。

獠牙把二胡的琴筒擺在左腿上，用琴弓以舒緩的節奏在琴弦上滑動。

這個曲調蘊含著一股說不出的哀傷。

獠牙閉著眼睛專心演奏。

看樣子，與其說他是拉給別人聽，不如說是為了讓自己靜下心來才拉的。

迪歐也察覺了這一點，於是忍不住發問：

「喂，你說要去偷巴爾吉是認真的嗎？」

本來就是因為蓋了那座要塞，才害得殖民地的民眾變得不幸。

迪歐心想：這不是正好嗎？那就幹吧。

獠牙一邊演奏，一邊只睜開單邊眼睛還露出微笑：

「我開玩笑的。」

「居然只是開玩笑！」

迪歐頓時沮喪起來。

獠牙停止拉琴，然後轉頭看著迪歐：

「不過，這次的工作難度跟那個差不多。如果你沒做好相當的心理準備，那可做不來喔。」

「…………」

迪歐會有這種覺悟嗎？

這個他自己也不知道。

但是聽到對方說要去偷巴爾吉時，那種興奮的感覺可是絲毫不假。

獠牙似乎也看出這一點，於是他又拉起二胡了：

「放心吧，報酬很高喔。」

「那倒還不錯……我對做白工可敬謝不敏啊。」

迪歐拚命虛張聲勢給對方看。

但是，他心裡對格局廣大，和自己截然不同的獠牙有種類似憧憬的心情。

「嘖，大家走著瞧！」

即使如此，他還是只會說這種根本就是嘴硬的話。

MC-0022 NEXT WINTER

希洛開著總統專機緩緩降落在伊希地平原上。

「諾茵，妳在這裡待命……我去趕走他們。」

他留下這句話後，就走到目前還一片黑暗的外面去。

「在這裡待命啊……」

要是一個不小心讓飛機上升，只會被普羅米修斯和舍赫拉查德打好玩。

這時，不遠處發生了爆炸。

因為已經著陸，那麼追丟了專機的導向飛彈應該是撞上附近的山脈了。

希洛好整以暇地在大地上漫步。

太陽在他背後緩緩升起。

舍赫拉查德正擋在他前方。
只慢了幾秒，揹著蜻蜓飛行裝備的普羅米修斯也降落到這裡。
在兩架敵機的包圍下，希洛才停在原地。
他雖然手無寸鐵，卻一點都不畏懼。
「…………」
他用銳利的眼神瞪著眼前的兩架ＭＳ，還以不慌不忙的架勢在地上確實踩穩腳步。
「你做好心理準備了嗎，前輩？」
舍赫拉查德裡的迪歐開口了：
「我雖然和你無冤無仇，但是這首連鎖的安魂曲還是得繼續下去。」
普羅米修斯裡的弗伯斯也發話了：
「隨你們怎麼說……我沒打算跟敵人囉哩囉嗦地談天說地。」
希洛撂下一句很冷漠的話。
這時，在遠方的空中出現一個閃閃發光的物體。

它以十分驚人的速度俯衝下來。

轉瞬間就插入大地的這個物體，是個豎立起來的巨大玻璃棺。

沐浴在陽光下的透明巨箱內，有莊嚴肅穆的白雪公主沉睡著。

清風拂過，希洛的瀏海搖曳而起。

他那充滿決心，鬥志高昂的眼神也因此忽隱忽現。

舍赫拉查德從背上拔出ＭＧ合金製，刀身修長的葉門雙刃彎刀。

「無名氏，威嚇對他沒用的！」

彎刀的刀鋒上映出希洛的身影。

普羅米修斯解除蜻蜓飛行裝備，架起巨大十字架型重機砲。

「我沒打算那麼做，而是要全力攻擊。」

弗伯斯一說完，就突然射出大量砲彈。

砲彈命中大地，捲起了殘雪與黑色的土塊，周圍也被灰色的爆炸煙霧所籠罩著。

希洛的身影一下就從我的視野裡消失了。

不論他再怎麼被人傳頌為不死身，在那麼激烈的彈幕下也撐不了多久。

在舍赫拉查德上嚴陣以待的迪歐很不滿地放話了：

「你這混帳！那種攻擊怎麼可能搞死他啊！」

「我的目標從一開始就是白雪公主。」

普羅米修斯把重機砲的砲口指向玻璃棺。

運輸艙應該是用硬質防彈玻璃製成，但遭到壓倒性數量的實彈轟擊，讓它表面產生無數龜裂。

當表面上的裂痕變成純白色時，玻璃就被徹底粉碎了。

喀啦！轟隆！

彈飛的碎玻璃伴隨紅色的煙霧向外猛噴。

這些東西形成了直徑數十公尺的球體，看起來總覺得很像蘋果。

白雪公主的機體本身也被紅色煙霧給吞沒了。

普羅米修斯持續對這顆煙球開火。

然而，煙球顯露的反應十分緩慢，在維持沉默的情況下承受所有的砲彈。

煙霧的顏色開始接連不斷地變成紅黑色。

這股煙霧似乎因為接觸外界空氣而產生化學變化，導致其變成黑色。

紅蘋果變成了邪惡聚合體。

「小心點！是毒蘋果！」

迪歐的喊叫聲傳來。

在黑煙的肆虐下，砲彈紛紛無力墜地。

而且它們統統都變形了。

「腐蝕性的帶電磁瓦斯……」

弗伯斯喃喃自語，同時普羅米修斯也往後躍退開一步。

「該死！那傢伙挖了個陷阱給我們跳！」

舍赫拉查德用雙手上的葉門雙刃彎刀猛砍漆黑的蘋果。

兩把彎道先在空中交叉畫出「X」字，接著分別往橫向砍出「二」字形。

雖然煙霧被砍成好幾段，但沒有金屬被劈開的聲音這點當然不在話下，連彼此激烈互撞而彈開的聲音都聽不到。

這股黑煙中已經看不到白雪公主了。

「沒有砍中的反應！他跑哪裡去了？」

這時，從後方遠處傳來一道冰冷的聲音。

「射擊預備。」

我忍不住回頭看去，卻沒看到他原本應該在的身影，只有莉莉娜總統仍然靜靜地坐在那裡。

我連忙把外部螢幕切換到後方視野。

在廣大的雪原上，可以確認到架起「七個小矮人」，身上的白色長斗篷正隨風飄揚的白雪公主。

那個聲音就是希洛．唯。

在這麼短的時間內，真虧他能跑到那麼遠。

而且不知何時，他已經坐進白雪公主裡了。

「……開始上箭。」

可以在螢幕上確認到，希洛他正一臉理所當然地操縱機體。

白雪公主把一根綠色的箭搭上大型十字弓的中央。

「『七個小矮人‧綠色』，準備完成。」

綠光閃爍的箭上弦後，弓就被拉開到極限。

「滿弓……射出。」

下一瞬間，白雪公主射出一支綠箭。

這道綠色閃光並沒有直接往普羅米修斯和舍赫拉查德那邊衝過去。

而是急速上升，飛向仍然一片漆黑的天空。

在短暫的寂靜後，冒出了宛如極光的淺綠色光幕覆蓋整個天空。接著，不祥的光芒以爆發性的速度向四周擴散——

AC-189 SUMMER

地球　東歐　國境附近的紛爭地區

少年沒有名字。

也沒有家庭和家人。

更沒有能稱為「回憶」的過去。

自從他懂事以來，就被帶進傭兵部隊擔任戰鬥員，被迫站在所謂「戰場」的舞台中央。

為了活下去，他別無選擇。

少年習慣利用戰鬥與戰鬥間的空檔讀書。

那時他讀的是用金箔和寶石裝飾的王子雕像與一隻想要飛往埃及的小燕子的短篇小說。

作者是奧斯卡．王爾德，書名則是《快樂王子》。

少年不太能理解王子雕像為了窮人獻出自己的裝飾，小燕子也接受他的委託而犧牲奉獻地四處飛來飛去，這種所謂「自我犧牲的故事」。

「喂，無名氏——」

這支傭兵部隊的隊長是個綽號叫「敗戰的羅伯特」的開朗男子。

在這支部隊裡，少年被稱為無名氏。

「這次對方要出借里歐給我們部隊喔。」

「里歐？」

「那是聯合國軍使用的ＭＳ啦。我也會替你準備一架！我們終於可以不必再打這種游擊戰啦！」

「…………」

羅伯特把無名氏手上的書拿過去，隨手翻閱起來。

「哼，奧斯卡·王爾德……」

他一臉無趣地說出這句話後，馬上把書扔回去了。

「我也有一本他寫的書，不過從來沒看過就是了。如果你喜歡王爾德，那本書就送你吧。」

幾天後，無名氏從羅伯特那裡拿到了一架舊式的里歐II型「奇美拉」，同時對方還給他一本王爾德寫的長篇小說《格雷的畫像》（註：The Picture of Dorian Gray。是十九世紀時的經典唯美小說之一，由於有涉及同性戀和墮落罪惡的情節而頗受爭議。曾多次改編成電影、影集、歌劇和舞蹈）。

他很在意羅伯特為什麼會去買這樣的書。

對方回答時還一陣臉紅：

「我以前曾經住進野戰醫院，那時我單戀一位在那裡工作的護士。因為這本書的書名和那個女孩的名字很像，我就買了。」

「名字很像？」

「她的名字叫瑪麗涅·德利安。怎麼樣，很像吧？」

「Dorian Gray」和「Marlene Darlian」。

他可不覺得哪裡像了。

不過無名氏並沒對這點發表意見，而是直接翻開封面。

羅伯特也不在乎，接著說下去：

「可是她居然有老公！我的初戀就這樣被漂亮地徹底粉碎了，哇哈哈哈！」

書裡夾了一張舊照片。

拿起來一看，就看到上面拍的是個笑得十分爽朗，只能用「美男子」來形容的金髮青年軍官。

這位青年身上穿的是聯合國海軍軍官的風衣，背景則是某處峽灣。

「那是年輕時的我喔。我赴任的第一個地點就是北歐戰線。」

他一邊說，然後難為情地把照片從無名氏手上搶過去。

「我居然把它塞在這裡啊……」

無名氏心想他大概還是這個陽光青年的時候，就陷入單戀那個叫瑪麗涅的護士的初戀了吧。

現在的羅伯特臉上，只有因為連戰連敗而產生的疲倦。

他的左眼失明，嘴巴周邊的鬍子上到處都散布著燒焦的痕跡，而且整張臉上還有幾道很新的傷痕。

「只要在戰場上待久了，不論誰都會弄得有點髒吧。你也要小心點，別把自己搞成這樣啦。」

羅伯特歪著弄髒的鬍子臉，再度「哇哈哈哈」笑了起來。

無名氏坐在奇美拉的駕駛艙裡閱讀操作手冊。

他立刻就記住了操作方法。

然而他為了打發時間才讀的《格雷的畫像》卻沒多大進展。

書中有這樣一段情節。

格雷面對著自己的肖像，並向畫這幅畫的畫家巴索爾．霍華德說出以下這段台詞——

——悲哀啊！真是太悲哀了！我今後會越來越老吧，還會暴露年老體衰的乾

The
Picture
Dorian
Gray

癟醜態；可是即使如此，這幅畫卻能從初夏的那一天開始就永遠保持完全不會有任何改變的年輕貌美。若能把這兩種情況逆轉過來，那該有多棒啊！要是我能永保年輕，而這張畫卻會逐漸衰老醜陋，那種感覺不知令人多麼心曠神怡啊！如果這件事有可能成真，那我願意付出任何代價；就算要我的靈魂也行——

主角道林這樣期望，而他也如願保持了幾十年的年輕貌美。

而相對的，那張肖像卻受到他的罪孽和靈魂沾染的汙穢影響，逐漸變得越來越醜惡。

「我年紀還小，根本看不懂這種內容啊。」

無名氏想快點長大。

他希望長大以後，能靠自己的力量活下去。

他一直在想，要依照自己的意志來決定自己的人生。

他並不排斥人會變老這回事。

「我會接受一切，並且決定自己的歸宿。」

他闔上書，並把它放在駕駛艙的地上。

螢幕上顯示著外面的風景。

東歐的漆黑森林已經被夜色籠罩了。

為了提防艾亞利茲來襲，他把螢幕切換成上空視野。

空中有顆滿月在飄浮。

還能看到幾顆釋放微弱光芒的星星。

無名氏很喜歡仰望夜空。

「宇宙嗎……應該會比這裡更好吧？」

宇宙的寂靜讓人覺得很舒服。

「有一天，我也能飛到那裡去就好了。」

他喃喃自語著虛幻的夢想。

他似乎能稍微了解《快樂王子》中那隻小燕子的心情了。

結束低語後，他重新思考起來。

「不，還是從地球看月亮時才會覺得很美。」

他把放在腳邊的書撿起來：

「月球一直都代替地球承受隕石撞擊，早就成了一顆滿是隕石坑的星球；這簡直就和《格雷的畫像》的情節一樣啊。」

通訊機的擴音器裡突然傳來一道很吵的聲音。

「無名氏！你有在待命吧？差不多該出門啦！」

那是羅伯特的出擊命令。

「…………」

無名氏保持沉默，操控奇美拉前進。

或許是受到這股衝擊的驚嚇，野鳥們紛紛從漆黑的森林中飛出來，從滿月前方橫越過去。

月球北極冠　「優克泰蒙」環形山脈

有支武裝偵察部隊從移動要塞巴爾吉出發了。

大型ＭＳ運輸艇降落在「Ｄ」環形山北北東部的外緣，接著放下了十架里歐和五架特拉哥斯。

由年輕指揮官金達上尉率領的ＭＳ斥候部隊，就從這裡往更接近北極點的「德西特」環形山脈移動。

過去那裡曾是巨型宇宙戰艦「萬年和平號」的建造預定地。

目前那裡並非造船廠，而被棄置的預定地應該是塊很廣大的空地才對。

位於駕駛隊列中排最後的特拉哥斯的金達，對並肩走在旁邊的副官搭話：

「如果找得到就好了，少尉。」

「我們一定能找到……」

柯蒂莉亞・菲茲傑拉德少尉出任金達上尉的副官，還跟著他一起出來執行這項先行調查任務。

「不過要是真的找到，我們就得和對方交戰啦。」

「這個我知道，我已經做好心理準備。」

這是她第一次實際上戰場。

同時也是她第一次駕駛間接支援用砲戰型ＭＳ「特拉哥斯」。

不過柯蒂莉亞就是想親眼確認一下。

她想去確認被預測為叛亂軍正在建造的「新型宇宙戰艦」是怎麼回事。

柯蒂莉亞在上上個月的月底雖然要升遷，並從「寧靜海」聯合宇宙軍月球基地轉任到巴爾吉；她卻辭去了要塞內管制官的工作，還自願以ＭＳ駕駛員的身分到最前線去。

這次之所以會派出武裝偵察部隊進行實地調查，就是因為她向要塞司令鐸澤特將軍進言。

這幾個月以來，柯蒂莉亞對收集情報非常執著，甚至到了堪稱異常的地步。

她追蹤月球周邊所有民間運輸船的航線，而且月球上所有採掘資源集合場從運輸目的地到用途都被列入調查範圍；還反覆派出無人偵察機調查地形變化和金屬反應等情報，用模擬器算出戰艦建造成本的估計值，甚至透過精算來觀察經濟和流通這兩方面是否有不穩定的跡象。

而且這些情報收集動作都是她在接受ＭＳ駕駛員訓練的同時持續進行，可以說她的精神力實在令人驚訝。

從所有可能性來判斷，那艘戰艦會在過去這個造船預定地進行建造這點幾乎不會錯。

柯蒂莉亞甚至連「如果他們真的依照設計圖來建造宇宙戰艦『萬年和平號』，那麼將它搶過來為我軍所用比較好」這點都考慮到了。

月球極冠附近的環形山並沒有熔岩堆積，而且底部很深。

等待在那裡的是「永久陰影」。那是人稱連陽光誤入低處的岩壁陰影裡，都再也無法爬出來的黑暗世界。

因此，武裝偵察部隊非得沿著環形山間重疊的外緣處移動。

金達部隊在宛如海浪起伏般的山崖上移動了一陣子，就看見「德西特」環形山脈了。

依照無人偵察機的廣範圍調查，發出最明顯金屬反應的位置是「德西特」山脈中人稱「F」，直徑達二十二公里的環形山。

在那裡的中心附近有座經常可以在月球隕石坑中見到，稱為「中央峰」的低矮山丘。

當他們以那裡為目標正在移動時，感測器發現了金屬反應。

一調查反應範圍，就得出很廣大的結果。

有大約三到五平方公里大的金屬板放在那裡。

它的外形是以宛如滑行跑道般筆直的直線構成，並且仿照三角形的形狀。

簡直就像小型殖民衛星的一個區塊被擺在月球上。

雖說那肯定是人造物體，但並沒有任何突起物，放眼望去也根本看不到任何像是造船設備的東西。

照設計圖來看，戰艦「萬年和平號」的全長大約有三百公尺。

在柯蒂莉亞的想像中，它就像是過去的薩吉塔里烏斯級月球戰艦加裝了宇宙航行用引擎這樣的產物。

「有沒有生體反應或是熱源反應？這裡的地下搞不好有建造基地。」

她以副官身分向部下要求確認。

「熱源感測器沒有反應，每個地方都是零下１４５度的均溫。」

聽完部下的報告後，柯蒂莉亞深深嘆了口氣。

北極冠的溫度和白天相比，更接近夜間的溫度。

在這種狀態下，不可能以人工來建造戰艦。

「我想這裡是變成造船設施用空地後就被棄置的場所吧。」

「這樣啊……」

「妳好像很遺憾，少尉。」

金達再度對她搭話：

「我倒是覺得能不開打就了事，實在太好了。」

他這句話充分表現出其溫和的性格。

「其實我也有同感啊。我只是覺得最近自己花了那麼多時間調查這件事，這樣的結果未免可惜了。」

「妳還年輕嘛。雖然第一次上陣沒能獲勝很遺憾，不過妳一定還會有大顯身手的機會。」

「但願如此。」

金達部隊開始撤離。

此時柯蒂莉亞仍十分自責。

「我的計算到底哪裡出錯，而導致我誤判呢？」

到目前為止，她根據分析情報所確立的事前預測，應驗的機率幾乎可以說相當高。

究竟是情報不足，還是情報太多了？

「我還有很多東西要學啊……能認清這一點，這次就算不虛此行了。」

然而——

其實柯蒂莉亞並沒有弄錯。

霍華、G教授和許多工作人員都在這裡建造巨型宇宙戰艦「萬年和平號」。

他們在金達部隊離開的同時，啟動了造船工程用的Mobile Worker。

在六分之一的重力下，製造重工業的勞動程度也相應減輕了。

霍華一邊愉快地工作，一邊瞇起墨鏡之下的雙眼露出笑容。

「他們對這艘船的大小判斷錯誤啦。它外表的尺寸，可是比設計圖還大了十倍啊！」

全長約三千公尺。

這就是超巨型宇宙戰艦「萬年和平號」的大小。

也就是說，環形山「F」的那塊三角形金屬板本身，就是這艘戰艦的外裝甲板。

如果要說柯蒂莉亞錯在哪裡，那就是沒有把巨型戰艦的大小拉高到和宇宙要塞或殖民衛星建築物同級的水準來估算。

喜歡挖苦別人的G教授，用平常那惹人厭的口氣發話：

「哼！有哪個傢伙會去設想，居然有白痴會造這種玩意兒啊？比起這個，你還不如多多稱讚我開發的熱源反應遮斷裝置與新型匿蹤干擾器吧！」

「你要別人稱讚你？看來你根本就是個還沒長大的小鬼。」

霍華也展現絲毫不遜於G教授的毒舌。

除這兩人以外的工作人員壓根不在意這種對罵，都默默地工作著。

這些工作人員的頭盔上都裝了G教授開發的小型干擾裝置，把這兩人的所有謾罵統統都遮蔽了。

月球 「卡達利那」環形山 地下基地

ALPHA和BETA的嚴苛訓練與日俱增。

剛來到這座基地時，過去自稱為小亞汀．羅的BETA經常能搶占優勢來完成訓練。

有一天，J博士如是說：

「果然過去的記憶這玩意兒，會形成彼此間的不利條件啊。」

於是他就做出了拷貝BETA的記憶，並將它載入ALPHA大腦裡這種暴行。

趁兩位少年在睡覺時，J博士進行了名叫「描繪記憶」的實驗；當兩人再度醒來，他們的意識已經變成同樣擁有過去了。

世上就此有了兩個學會亞汀指點的「求生技巧」，而且還對葵的去世感到哀傷的少年。

「這樣一來，你們倆不論哪一方都是正牌貨啦。」

J博士用陰險的聲音「嘻嘻嘻」地笑了起來。

兩人的基礎體力完全相同，彼此的實力也漸漸勢均力敵了。

要是J博士強迫他們比騎馬或是擊劍、射箭之類上流人士嗜好的競技時倒是還好。

若是讓他們空手互毆或是不戴防具進行模擬格鬥時，那麼流血或骨折根本就是家常便飯。

而且J博士為了分出勝負，都會讓他們打到有一方昏倒為止，這種搞法就只能以「瘋狂行徑」來形容。

更別說在感情上頗為陰暗的ALPHA有較為冷酷的一面，因而能毫不猶豫地攻擊，讓他占到優勢。

這也令人覺得，J博士很快就不會僅止於模擬格鬥的標準，而是要強迫他們真的互相殘殺。

「要是分不清誰是誰就麻煩了。」

J博士說出這句話後，就把雙方各自穿著的吊帶背心剝下來，然後扔了一件黑色的給ALPHA，再扔綠色的給BETA。

「沒有我的許可，不准脫下來，就算你們洗澡時也一樣。」

「自從來到這裡以後，你也沒讓我洗過澡啊。」

BETA一邊穿上綠色吊帶背心一邊說道。

「哼，說得好像你是人類似的。」

「……我們不是人類嗎？」

已經穿上黑色吊帶背心的ALPHA低聲喃喃自語起來。

「那當然啦！你們是兵器！如果你們對這種待遇有意見，那就成為完美的兵器來試著宰了我吧！」

「…………」

兩人都陷入沉默。

雖然保持沉默，但他們心裡——

「是嗎……還有這一招啊？」

都在想這種事。

在過了短暫的空檔後，ALPHA和BETA就彼此對看，調整呼吸。

這時，兩人已經沒有思考誰才是正牌貨這種事的餘裕了。

他們只想逃離這種痛苦。

當下兩人心意相通，同時對J博士發動襲擊。

他們都認為要是兩人一起上，就能排除這個令人憎恨的對象。

「蠢貨……」

J博士一邊奸笑，一邊按下藏在手裡的開關。

兩人的吊帶背心同時產生電擊。

在細薄的纖維間編織了能產生電流衝擊的機關。

ALPHA和BETA頓時身體猛往後仰，並當場倒地。

「你們倆還不完美，得從頭開始訓練啊。」

兩人一邊低聲呻吟，一邊抬頭露出憎恨的表情。

「宇宙居民的苦惱可不只是這種程度。再多受點苦，再多憎恨點，再多悲傷點吧！然後，再變得更強點！想成為宇宙居民的代言人，不體會一下弱者的心情可不行啊！」

J博士轉身離開，其身影逐漸消失在黑暗中。

「從明天起終於要開始MS的訓練了。沒什麼好擔心，你們要做的事和以前沒什麼兩樣，不過是單純的互相殘殺罷了。」

這句話從黑暗中傳來。

ALPHA和BETA彼此背靠背，才勉強把上半身挺起來。然後他們開口了。

「生命還真是……」

「廉價啊。」

他們都自顧自地分別說出自己的感想。

「特別是……」

「我這條命——」

AC-189 August 01

月球背面 東海

「赫茨普隆」環形山 宇宙港

位於「東海」西北部的這座環形山是月球表面最大的一處。

這裡有月球和位於赤道附近的L-2殖民地群之間的定期聯絡船在運行的太空機場，還有很多做粗工的人在這裡的候機室裡用餐或開賭等，藉此在等下一班船的期間消遣一下。

目前已經是晚上了。

不過月球的夜晚相當漫長，大約會持續十五天。

到黎明來臨還要三天以上。

獠牙父女和迪歐在偏僻的中華餐館裡，正在吃用合成芝麻油炒人工肉和栽培蔬菜的「聽都沒聽過的料理」。

「我從來沒想過，能在月球吃到這種東西啊。」

對迪歐來說，這一餐相當美味。

蝴蝶與妹蘭因為彼此搶奪大盤菜而大吵大鬧，獠牙倒是完全沒吃菜，而是一個勁兒猛喝高粱酒。

「你怎麼啦？在想什麼事嗎？」

「…………」

「你已經安排好在這裡的『工作計畫』了，那應該沒什麼好在意的了吧？」

所謂的工作並非是「偷走要塞巴爾吉」，而是暗殺地球圈統一聯合國軍的要員。

只要能陸續暗殺聯合國軍的高層，那座易守難攻的要塞，遲早有一天也會被攻陷。

迪歐等人是相信會有那一天才會行動。

「和月球的黎明一樣……非得耐心等待不可啊。」

獠牙用這句話來安撫迪歐等人。

到目前為止，他們已經解決了三個人。

爾尼斯特・芬奇上校、良・七貴少校和蒙哥馬利・帕登中校。

直接向這些人動手的分別是獠牙、蝴蝶和妹蘭，而那些人不論哪一個都是在地球圈統一聯合國軍中堪稱「過去的要員」、臨近退伍的老兵。

但這對要塞巴爾吉的影響微乎其微。

至今仍然只能負責協助其他成員的迪歐毫不掩飾自己的焦躁，還對獠牙開口提出要求。

「這次換我來動手！」

這次的目標是要塞巴爾吉的司令鐸澤特將軍。

「輪也該輪到我了。本大爺一定會宰了他給你看啦！」

這可是不可多得的好機會。

計畫的概要如下所述。

據說鐸澤特在視察過附近的士兵訓練所後，就會搭乘作為前往「寧靜海」聯合宇宙軍月球基地的移動工具的月球越野車。

這位仁兄似乎有十分嚴重的懼高症，因此完全不搭乘任何專機或太空梭；而他唯一返回要塞巴爾吉的方法，就是使用沒有窗戶的月球用小型ＨＬＶ（混合型運載火箭）。

而他們已經在鐸澤特預定要搭的月球越野車上裝了炸彈。

那是可以遙控爆炸的型號。

在月球巨蛋外面，也就是沒有空氣，氣溫零下１７０度的超寒冷地帶，只要炸掉越野車，那麼不論是誰都無法生還。

「雖說這麼做很對不起遭到波及的隨從和司機，但這都是很少單獨行動的鐸澤特的錯」——他們就十分乾脆地這樣想。

獠牙仍然保持沉默。

迪歐沿著獠牙的視線看過去，就看到五個穿著迷彩服的男性。另外，他也沒有看漏這些冷酷的男子正把一位女性包圍起來。可以確認他們簡直像是在押犯人般通過了餐館門前。

「那些傢伙是在幹嘛……那可不是聯合國軍的軍服啊。」

「那個女人以前是我生意上的對手。」

獠牙靜靜地站了起來。

「她是『葵小隊』的凱薩琳醫生。能在這裡遇見她也算有緣，讓她欠我個人情也不錯。」

他留下這句話後就離開餐館了。

傑克斯和艾爾維把自己的機體偽裝成月球作業用的Mobile Worker，並將它們放在太空機場的貨物保管處。

阿爾緹蜜斯和技術人員們仍然音訊全無。

如果他們有收到歸隊命令，那就能以此為理由拒絕擔任莎莉和伊莉亞的保鑣；

但在這幾十天之間，他們只能為了保護這兩位而受其差遣。

她們的行動力之強，連身為軍人的艾爾維和傑克斯看了也為之驚訝。

伊莉亞駭進了太空機場的電腦，並且把從地球圈飛往火星的所有長程宇宙船都徹查了一遍。

但符合「與諾恩海姆康采恩有關」這項條件的船卻一艘也沒有。

接下來，她把情報網擴張到所有宇宙港，藉以探查諾恩海姆的動向。

然而這家企業作風謹慎，完全沒有任何公開的行動，想追蹤他們的動向實在困難無比。

莎莉和伊莉亞的行動逐步升級，導致她們曾因此被懷疑從事間諜行為遭到監禁，也多次遭到黑社會組織的幹部下令追殺。

而每次出事時，艾爾維和傑克斯就得去救人，他們使出實力的手段近似恐怖分子；有時採用佯動作戰，有時用並非其本意的脅迫來和對方玩心理戰，總算勉強保住兩名女性的生命安全。

而到了今天，莎莉和伊莉亞又跑來報告她們逮到諾恩海姆康采恩的動向了。

「現在正好是火星離地球最近的時刻，距離大約只有一億公里；只要消耗距離最遠時的四分之一時間和能源就能抵達了。如果諾恩海姆那些傢伙要行動，就只能趁現在了！」

莎莉這麼表示。

「還有，雖說在這座『赫茨普隆』宇宙港裡用來運送物資的貨船中，只有離開地球圈的船，但它們載的貨物裡就有諾恩海姆的東西喔。還有報告表示，為了裝要運回來的物資，出發時的船根本就是空的。這下可是正中目標！」

她說著說著就開始陷入狂熱狀態。

相對的，伊莉亞就用很冷靜的語氣開口：

「凱薩琳老師的確在這座宇宙港的某個地方。巴頓財團的追兵也全都集中到這裡來了。」

「意思是這裡將爆發一場幹練科學家爭奪戰？」

傑克斯心想：這下可無法輕易了事了。

「我倒是覺得，妳們剛剛說的那些都缺乏證據啊。」

這時艾爾維插話了。

「不，不會錯。」

伊莉亞用清澈的眼神，斬釘截鐵地否定：

「宇宙之心是這樣說的。」

「但是她說了很不吉利的話呢。」

莎莉露出不安的眼神：

「請你們快去啟動ＭＳ吧！」

獠牙在小巷子裡和五名威武的男性展開一場混戰。

雖然這些人手上都有手槍或小刀，還是轉眼間就分出勝負了。

這幾個人都被獠牙銳利的拳頭和迴旋踢給打昏。

獠牙救出凱薩琳後，就質問她之前到底出了什麼事。

「我可是被綁架以後，就被關在豪華的閣樓裡好幾個月耶。」

凱薩琳一臉不悅地回答他。

「這些傢伙是什麼人？」

「他們是被諾恩海姆雇用的人。」

「那家火星開發公司想把妳怎麼樣？」

「他們的各個部門都有很複雜的問題啊。喂，我很感謝你來救我，不過我們還是在這裡分開吧。」

「這就要看狀況了。你在前『葵小隊』裡也不是負責實戰的人員吧？」

「但我也不想被你們這種殺手集團給帶走啊。因為現在和『奪走』別人的生命相比，還是『創造』才能讓我覺得活著有意義。」

「我可沒打算挖角妳，只是要暫時保護妳一陣子。」

這時，突然有人從樓上用機關槍掃射他們。

在六分之一重力下發射的槍彈，槍口的初速會比一般情況更快，射程距離也會變長。

即使如此，獠牙和凱薩琳仍同時臥倒，勉強避開了這陣槍擊。

「他們也是諾恩海姆的人嗎？」

「八成是巴頓財團的人吧。」

從樓上掃射他們的，是三個穿著黑色高級西裝的男子。

獠牙與凱薩琳逃進了錯綜複雜的樓梯下面。

「他們為什麼要殺妳？」

「因為我知道財團的機密……看來和利用我相比，他們還是決定選擇殺我滅口了。」

「我想也是，一看到妳就知道了。」

「是嗎？」

「因為妳根本沒必要那麼抗拒啊。」

追兵們還在繼續掃射。

但是他們被遭到樓梯的鐵板彈回去的槍彈嚇到，使得無法繼續開火。

雖說巨蛋內的空氣阻力能稍微減速，但跳彈的威力之高仍大過一般重力時。

儘管追兵們雖然拚命閃躲，還是陷入恐慌狀態。

「這些傢伙都是大外行啊，居然敢在這種地方展開槍戰。」

獠牙一邊爬行逃走，一邊感到傻眼。

「蔑視生命是種很愚蠢的行為啊。」

「殺我父親的凶手可沒資格說這種話喔。」

「鮑將軍是個偉大的武人，而且那不是我們做的。」

「不用找藉口了，我無論如何都不會跟你們一起行動。」

追兵們的掃射暫時停止了。

「這份人情，我將來會還你的！」

凱薩琳擺脫了獠牙的手，高高跳了起來。

獠牙在無可奈何之下拿出從剛剛那些男子手上搶來的手槍開火，藉以掩護凱薩琳。

「我倒是希望能解開這個誤會。」

他的手槍以仰角開火，射出的槍彈在空中劃出了一道平緩的拋物線。

要說彈道幾乎筆直其實也沒錯。

在這異常的射程距離下，確實對準了追兵們的位置。

就獠牙的立場來說，他想要避免無謂的殺生。

因此他瞄準的部位都僅限於肩膀或大腿。

追兵們被打得邊呻吟邊蹲下，接著就沒有動靜。

獠牙往凱薩琳的前方望去，就看到貨物倉庫和前面廣闊的停車場。

有三架ＭＳ站在那裡。

獠牙頓時緊張起來，不過——

「那是……」

除了打頭陣的舊式里歐型外，還有兩架他認得的雙眼攝影機型的機體在兩翼固守。

「鋼彈尼姆合金製的ＭＳ啊……」

獠牙曾經從朋友兼同志的吳王龍（目前自稱O老師）口中聽說過這東西。

他的技術人員同僚開發了用來對付聯合國的新型機，它們還是交給自己兩位女兒的「魔王」的兄弟機。

「要不要將他們視為我們的同志呢？」

獠牙目送凱薩琳，喃喃自語著。

伊莉亞拜託傑克斯等人去駕駛ＭＳ，可說是正確的應變手段。因為獠牙看到這兩架機體，才能避免產生無謂的紛爭。但是她能感受到的「宇宙之心」也就到此為止，原本就不確定的未來，這下子分出了更多歧路。

這是伊莉亞的極限，因此沒人可以苛責她。她沒能看穿之後會發生的突發事故，也是無可奈何的事。

里歐的外部擴音器裡傳出莎莉的聲音。

『媽媽！妳沒事太好了！』

機體邊前進邊開啟了駕駛艙艙門，接著莎莉從其中現身了。

「莎莉，快逃！這裡很危險啊！」

在凱薩琳喊出這句話的同時——

停車場裡響起了槍聲。

一發超快的槍彈從遠方來襲，射穿了凱薩琳的胸部。

爆出的血花在空中飛舞。

血塊以六分之一的速度墜落了。

「媽媽！」

莎莉從駕駛艙一躍而下，急速趕到正緩緩倒地的凱薩琳下方。

她就這樣直接抱住對方，並用力壓住血流如注的胸口。

「怎麼會這樣，太過分了！振作點啊，媽媽！」

她的聲音已經只剩下嗚咽。

雖然伊莉亞立刻帶著簡易醫藥組趕來，但或許凱薩琳已經預料到會這樣，她舉起單手制止對方，並在氣若游絲的情況下對女兒說話：

「抱歉啊，莎莉……」

莎莉邊哭邊搖頭，還說出一連串實習醫生的慣用台詞：

「妳什麼都不用說。調整呼吸，努力保持清醒……」

凱薩琳也淚流滿面：

「我……一直都……不像個稱職的母親啊。」

「……沒……沒這回事。」

「我以前作出了形形色色的東西問世……不過，其中我最棒的傑作——」

凱薩琳緩緩閉上眼睛：

「就是妳喔，莎莉……」

「媽媽……」

「……我永遠愛妳。」

說完這句話，她的心臟就停止跳動了。

伊莉亞和莎莉雖然立刻試圖以心肺復甦術搶救，卻是徒勞無功。

傑克斯與艾爾維正在搜尋槍手。

他們從螢幕的影像紀錄中推算出彈道，然後急速趕往開槍地點。

對方的狙擊距離太不尋常了。

在這個距離想要打中像人類這麼小的目標，如果沒有裝備高精密瞄準鏡的狙擊槍，根本不可能。

可以想見出手的人要不是經過正規訓練的狙擊手，就是具備可與狙擊手相提並論的狙擊技巧。

「對方該不會只是偶然打中吧？」

艾爾維向傑克斯發問。

很難想像狙殺凱薩琳的人會是強到這種程度的專家。

「恐怕真是這樣……那並不是步槍的槍聲。」

傑克斯一臉遺憾地說：

「我想這一槍原本只是為了打里歐才胡亂開火，結果卻歪打正著吧。」

「嗯……」

當傑克斯與艾爾維好不容易抵達現場時，那裡已經沒有半個人影了。

對方只能逃進地下區域裡。

之前被獠牙一槍打穿大腿的巴頓財團來人，正逃進地下停車場裡。

男子邊拖著單腳蹣跚前進，邊向一輛月球越野車移動。

這時，聯合國軍的鐸澤特將軍正帶著司機和隨從走過來。

男子用手槍指著這三個人，威脅他們讓開：

「抱歉，我要借這輛車。」

男子坐進了月球越野車裡。

他就這樣把車子從地下通道開到巨蛋外面，從「赫茨普隆」環形山往「東海」移動。

車子突然爆炸了。

這輛原本應該由鐸澤特搭乘的月球越野車，被迪歐以遙控炸毀。

槍殺了凱薩琳的男子被暴露在真空與酷寒的環境中，轉眼就丟了小命。

『我已經搞定這次的工作啦。』

聽到迪歐的通訊連絡後，獠牙平靜地回答：

「很遺憾，我們的目的並沒有完成。」

『這怎麼可能！』

「不過嘛，迪歐，我非常感謝你喔。」

獠牙十分後悔。

就因為他想避免無謂的殺傷，結果害死了凱薩琳。

最後還以非出於迪歐本意的形式清算了凶手。

這就是天命的大義——宇宙因果律似乎以十分奇妙的形式把這幾件事給連結起來了。

「想要貫徹正義，就非得做得徹底一點……只要為惡者還活者，我就一定會以復仇者的身分再度現身。」

鐸澤特在戒備森嚴的護衛下通過了獠牙前方。

『我殺的是個根本無關的傢伙嗎？』

「嗯，就是這樣。」

迪歐從偏僻的中華餐館移動到太空機場的最上層展望室。

他在這裡眺望遠去的月球越野車，並啟動了遙控引爆。

這時迪歐咂舌：

「嘖……」

這個少年第一次親手殺的人，居然是個八竿子打不著的陌生人。

這種餘韻實在糟透了。

「唉，不過這也沒辦法。」

迪歐說起自己報上姓名後的命運：

「要是死神在工作時還挑三揀四，那可不好辦事啦。」

他現在臉上的乾笑是拚命死撐才擠出來的。

窗外只有一片深邃無垠的黑暗。

距離月球的黎明來臨，還有很長一段時間——

下一瞬間，有幾十甚至幾百道宛如散發深綠色光芒之光劍的閃光，從極光色的天空往普羅米修斯與舍赫拉查德的頭頂灑落。

這兩架機體立刻高舉斗篷代替盾牌，同時屈膝蹲下。

如果對方真的是用光劍攻擊，那麼採用這種防禦姿勢的確沒錯。

但是，這些閃光的性質和光劍截然不同。

它們並不會像光劍那樣切斷物體。

它們在離目標頭頂還有幾十公尺處就實體化，然後宛如會發光的植物藤蔓般捲住了目標。

幾百條藤蔓簡直像是有意志似的蜿蜒蠕動，纏住了機體的手臂與腳部。

雖然舍赫拉查德反覆揮舞雙手上的葉門雙刃彎刀，試圖斬斷無數逼近的藤蔓，看起來反而讓席捲過來的藤蔓數量越來越多。

「該死！」

普羅米修斯已經把巨大十字架型重機砲和軀體連結起來，並把肩部的彈艙打開射出飛彈，但還是和火上加油一樣完全無效。

胸部的發射口已經完全被藤蔓堵住了。

「嗚！」

坐在兩機駕駛艙裡的迪歐和弗伯斯肯定已經盡全力抵抗。

似乎能聽到他們發出十分苦悶的低沉慘叫。

更進一步，有節奏地持續發光的藤蔓就這樣在大地上扎根。

鋼彈尼姆合金外殼頓時「嘎吱嘎吱」地發出了被壓迫的聲音。

普羅米修斯和舍赫拉查德也在那一瞬間被剝奪了行動能力，還被來自大地的強烈力量給拖倒。

深綠色藤蔓的數量又進一步增大，已經多到完全看不出那兩架ＭＳ的輪廓。

「七個小矮人・綠色」的特性八成就是「植物」吧。

藤蔓的發光頻率變成緩緩地閃爍，動作也緩慢下來。

普羅米修斯和舍赫拉查德已經變成一座低矮的山丘，要說是在大地上堆起的巨大墳墓也不為過。

看樣子已經分出勝負。

「別對我和莉莉娜要做的事說三道四。」

希洛讓所有人見識雙方壓倒性的實力差距後，從白雪公主的駕駛艙裡靜靜地發話了。

「不然你們就會沒命——把這句話也轉告其他人吧。」

白雪公主的白色斗篷帶著神聖氣息張開，在空中飄蕩著。

宛如天使的白翼，在該機體的背上拍動起來。

這時，通訊機的來電提示音響起。

我剛開始還以為那是希洛傳來的連絡。

『任務完成……已排除造成問題的障礙。』

我擅自認定那是帶有他個人獨特風格的報告。

然而事實並非如此。

在通訊螢幕上現身的是——

『早安。妳好嗎，露克蕾琪亞？』

宛如惡魔般純淨的微笑，浮現在對方臉上。

那是彷彿永遠光芒四射的美少年——凡恩・克修里納達。

會叫我「露克蕾琪亞」的人其實很少。

而這些人中目前還活著的，也就只有我丈夫米利亞爾特。

『首先，我方要通告你們，竟無視我方基於「停戰協定」而提出的要求。我方應該表示過，那架總統專機應該先解除武裝吧？』

「…………」

『現在請馬上命令你們的同行者希洛・唯從白雪公主上下來。若不遵從這項指示，我方將再度對莉莉娜市展開攻擊。』

我沉默地點點頭。

就算找藉口來解釋我們這邊的情況，火星南部聯合國那邊也聽不進去吧。

『其實看到妳還是和以前一樣討厭戰爭，我就安心了。這樣一來，這顆行星就能從「戰神(MARS)」的支配下解放。』

我當年（AC187年）所認識的那個凡恩年紀比我大。

自稱是OZ創辦人的他，這樣稱呼我或許是理所當然，但他的外表實在太過年輕，讓我莫名覺得厭惡。

他那傲慢的態度和表面恭維實則輕蔑的語氣，總讓我覺得和我哥哥迪茲奴夫頗為相似。

『戰爭對人類來說是很有風險的行為。不，就算換個說法，說人類歷史上的風險就是戰爭也無妨。』

他臉上始終帶著冰冷的微笑：

『想要規避風險，就必須理解風險的本質。像妳這樣光是厭惡，根本解決不了任何問題；莉莉娜總統也是一樣，在對戰爭本質沒有理解的情況下，就算實施所謂「完全和平」這種對策也不會得到她期望的效果啊。』

「那就請你指點一下，所謂戰爭的本質是什麼？」

『因為人類的存在本身就是以在「功能不全的管理控制」下產生的「不合格零件」所構成，才會發生所謂「戰爭」的危機。雖說有人堅信好戰的領袖經常會挑起戰爭，但這種光把所有原因歸咎在「人禍」上的危機管理方式，說到底是不可能有用的。首先大家應該有所有人類都是不合格的缺陷品的自覺。只要世界的安全管理是由不完美的人類來進行，就不可能規避風險。』

說到這裡，他斂起臉上的微笑：

『人類是很會嫉妒他人，自我表現慾強烈，內心充滿恐懼又缺乏信任感的愚昧生物。』

凡恩露出一臉不屑的表情說：

『明明人類全都是不完美的，為什麼莉莉娜總統還會以為有可能實現完全和平？我還真難猜測她的意圖呢。』

「因為總統她相信人類，而且比任何人都更深愛人類。」

『這根本是違反時代潮流的舊體制想法。人類已經獲得了名叫「火星」的全新大地，那麼今後就能推動新秩序的管理了。』

「新秩序的管理？我不認為還有其他方法能規避所謂戰爭這種風險啊。」

『我要從根本開始改變。』

他的眼神中充滿自信：

『在我的管理下，戰爭並不會消失喔。這算是種逆向思考吧，我的管理方式是盡可能讓戰爭延續下去，並把「和平」視為一種危險；這樣的話，想好好控制並不困難啊。』

我認為這根本是種謬論。

「你想持續這種做法直到全人類滅絕嗎？」

『這有點不同喔。我換個說法吧，應該說，是直到不完美的人類滅絕為止。目前雖然數量還少，不過的確有能夠自我控制，不會害怕恐懼，否定和他人比較的聰明人士存在。只要成為這種適合管理的人類，戰爭的規模就會縮小，最後自然就會結束了。』

凡恩那副表情，簡直像在說「我就是那種能管理人類的人」。

『我打算在統一火星之後，就向地球圈統一國家宣戰。想為人類締造安寧秩序的世界，就應該要繼續戰爭；妳應該無法理解這一點吧？但兄長大人也是這麼期望的喔。』

「你搞錯了。」

我無法理解，也無法接受他的說法。

「你說這種想法正是特列斯閣下所期望，這點完全錯誤。」

『不，搞錯的是妳，露克蕾琪亞。如果是兄長大人就能控制戰爭，還有可能進行和平的危機管理。那麼你們背叛OZ，對特列斯．克修里納達見死不救的結果，就是現在這種狀態。』

凡恩以強烈的語氣主張。

AC195年的「EVE WARS」——我們都非得接受那場戰爭的結果不可。

但在那之後，戰爭也沒能結束。

還一路打到現在。

而這正是完全和平主義根本沒用的證據。

所以眼下我真的很難反駁他的言論。

「凡恩．克修里納達……這就是你想做的事嗎？」

這表示經過漫長的歲月，繼承特列斯閣下遺志的人終於在這個時代出現了。

或許是為火星帶來完全和平主義的莉莉娜總統將他吸引過來的吧。

這時，突然有另一道通訊從別的線路切進來。

『他全都搞錯了。』

那是希洛。

『你什麼都不懂。特列斯肯定是個不合格的缺陷品。』

在螢幕上彼此互瞪的兩人的臉並列了。

『不論革命還是叛亂，都不過是領袖為了自己方便而對民眾進行洗腦並煽動他們。而在這個部分，你和特列斯有決定性的不同。』

對他而言，會說出這樣的長篇大論，實在很稀奇。

『我終於見到你了，希洛．唯……久違了。』

『我是第一次和你交談。』

希洛的嘴角一歪，露出嘲笑的表情：

『你剛才說你是特列斯的弟弟？錯了，你只不過是凡恩．克修里納達的備用品而已。』

這種挑釁式的說法，完全不像平常的希洛。

我憑直覺感到他其實另有用意。

『哼……那麼，你能證明你自己不是某人的備用品嗎？』

『沒有必要，我就是我。』

『你就沒想過有沒有可能自己被人輸入了會這樣認定的記憶呢？』

『那就去問問和你同步的「ZERO系統」如何？』

『那是不可能的。很遺憾，不論是「宇宙之心」還是「ZERO系統」都無法預測名叫「希洛．唯」的存在。』

凡恩稍稍歪著頭，露出了困惑的表情：

『雖說事到如今，我還是覺得你實在很不可思議。為什麼只有你處於連天體運行都影響不到的宇宙因果律之外呢？』

一聽到這句話，希洛立刻敏銳地說道：

『是「火神」吧。』

這句話來得很唐突。

凡恩陷入了好一陣子的沉默，才反問一句：

『你在說什麼？』

他很明顯動搖了。

希洛一副確信了什麼似的說下去：

『迪茲奴夫也一起來了嗎？這麼說來，不論要塞巴別還是傑克斯特校都只是幌子啊。』

「…………」

凡恩突然陷入沉默。

『現在才發現，已經太遲了。』

『嗚。』

看樣子，他似乎因為上了希洛的當而感到屈辱。

接著他馬上切掉螢幕。

白雪公主上也安裝了「ZERO系統」。

希洛為了不讓凡恩發現這點，才故意用那種挑釁的言詞來分散他的注意力。

希洛靜靜低語著。

『能標定位置嗎，五飛？』

『當然沒問題。』

可以聽到預防者的張老師開口回答。

螢幕上的子視窗映出老師那張無畏的臉。

『接下來就交給我吧。』

連「宇宙之心」和「ZERO系統」都無法看穿的行動——這就是唯一能凌駕凡恩・克修里納達的希洛・唯的特性。

我操縱總統專機垂直起飛了。

既然張老師已經出面，我就覺得已經沒有後顧之憂。

希洛與白雪公主在上空遠處飛行。

「要這樣直接前往要塞巴別嗎？」

『得提防的只有那傢伙，沒問題。』

「這樣啊。」

我相信白雪公主的隱形功能。

下方是廣闊的伊希地雪原。

莉莉娜總統正戴著虛擬眼鏡，體驗過去的歷史——

AC-189 AUTUMN

L-1殖民地群 叛亂軍密室

傑克斯與艾爾維和阿爾緹蜜斯等人會合了。

她臉上帶著十分迷人的笑容。

「看到你們兩人沒事，我就安心了。我還以為你們會因為連續失敗而垂頭喪氣呢。」

事實上，他們倆的確很氣餒。

沒能阻止資源衛星墜落在阿爾吉爾平原上。

還有凱薩琳醫生就在自己眼前被殺。

讓諾恩海姆康采恩的人順利逃離地球圈。

最近的三次失敗讓傑克斯和艾爾維一直感到很自責。

「你們已經不用當兩位可愛小姑娘的保鑣了嗎？」

「伊莉亞為了追蹤被諾恩海姆的人拿走的樣本而前往火星。莎莉則為了向巴頓財團復仇，直接正式加入聯合國軍。」

「她們都能獨立自主，而且比我們更能幹啊。」

根據伊莉亞的報告，諾恩海姆的人帶走的凱薩琳醫生的DNA樣本數量高達幾百人份。

這些樣本中，大多是地球圈的優秀人才。因此看樣子他們似乎是想製造這些人的複製人，並利用這些複製人來推動火星環境地球化的計畫。

伊莉亞說要阻止這件事。

她絕不容許有人用陰險毒辣的手段，竊占凱薩琳醫生的複製技術。

至於保鑣，她表示會去雇用名叫「馬格亞那克」的強者集團。

這下傑克斯與艾爾維終於從長達幾個月的保姆生活中解放。

傑克斯看過她傳來的樣本名簿，但沒有看到半個自己的熟人。

然而艾爾維卻對某個名字有反應。

「這個凡恩・克修里納達，不就是特列斯教官的弟弟嗎？」

「啊，對啊。」

自己怎麼會看漏了呢？

傑克斯只知道名字，但沒有實際見過對方。

就是因為這樣才沒有留意吧。

但是他在更久以後才對這件事感到後悔。

「即使這樣，你們還願意跟我們一起並肩作戰啊？」

阿爾緹蜜斯面帶微笑地問道。

傑克斯用帶著自嘲的語氣說：

「因為我們是被雇來在前線打仗的士兵。」

「你能這麼說真是幫大忙了。因為在我看來，這次的戰鬥規模會比以前更龐大喔。」

「快開打了嗎？」

艾爾維一臉緊張地問。

他是感受到身邊緊繃的氣氛才會這麼想吧。

「我認為還得花點時間作準備……所以在那之前，我希望你們能接個簡單的任務。」

大量農業工廠用的化肥以及聯合國軍補給兵的制服被送到傑克斯與艾爾維的面前。

「我希望你們扮成聯合國軍的士兵，將這些化肥送去給已經潛入移動要塞巴爾吉的同伴們。」

「哎呀哎呀，這種任務最適合用來復健啦。這下我們應該能擺脫低潮了。」

艾爾維一臉不服地說道。

傑克斯則納悶地看著裝有化肥的袋子。

「這些肥料袋裡裝的是什麼？火藥還是什麼別的東西？」

「幾乎都是真的化肥喔，不過有幾袋裡混了揮發性麻醉劑『地氣醚』。這是從醫療中心裡偷出來的，看來這次能派上用場了。」

傑克斯頓時感到一種非出於本意，如坐針氈的感覺。

他從來不認為那些在醫療機關搞暗殺或引發爆炸恐怖事件的傢伙，以及之後巴頓財團或諾恩海姆等企業搞的陰謀，還有趁火打劫的聯合國軍和叛亂軍這些人的行為統統都是正當的。

「這就是所謂的戰爭年代啊……」

現在的傑克斯除了這樣感嘆外，什麼都做不了。

宇宙要塞巴爾吉

龍獠牙父女和迪歐以要塞內部的農業工廠作業員的身分成功潛入了。

然而實際狀況卻是他們無法馬上執行暗殺計畫，只能過著專心務農的生活；因為調度武器這方面並不如意。

他們以作業員身分潛入時，經過十分嚴密的安全檢查，因此根本無法夾帶武器彈藥。

雖然也可以考慮用手邊的農具來解決鐸澤特准將，但這種方法卻被獠牙堅決禁止了。

「我們是為了暗殺軍人才使用道具，絕不能把用來耕田的高貴道具轉用在其他目的上。」

「這有什麼關係。」

迪歐一邊拿著小麥種子播種，一邊說道：

「很久以前人民搞革命的時候，不就是拿著鋤頭或鐮子去戰鬥嗎？」

「那是因為他們想反抗暴政，所以才允許那樣做。再說，他們也拿不到其他武器。但是身為武人的我們用那些農具戰鬥，就是對道具的不敬。」

在超過二十年前，獠牙曾經用殖民衛星建造用的工程用Mobile Worker和統一聯合國軍交戰。

「我至今仍以那件事為恥，所以我非得盡力避免把同樣不該上戰場的民眾當成士兵來對待。」

他一臉苦澀地繼續說下去：

「戰鬥時，絕對不容許讓市民打頭陣。當然，也絕對不可以對兒童洗腦。在我看來，把無辜的市民捲進戰鬥裡這種行為比大屠殺更惡劣。」

「我也有同感啊。骯髒事只由我們來幹就行了。」

迪歐等人周圍的人，都是務農的無辜人們。

明明是在要塞裡，但眼前這片平穩的光景卻和戰爭完全無緣。

「可是，我說大叔啊，武器和道具的差別可說一目了然，但是我們該怎麼去區別人類呢？」

「武人與非武人的差別……那就是有戰鬥覺悟的眼神。只要看對方的眼睛，立刻就知道了。」

迪歐心想：是這樣嗎？

因為他已經接受了自己的處境，所以他可以說自己不在乎，但他對獠牙的雙胞胎女兒是否有身為武人的覺悟這點仍然存疑。

迪歐轉頭看著正在務農的妹蘭和蝴蝶的臉。

不論哪一方都是個少女，同時也有隱含鬥志的清澈眼神。

「我有未婚夫喔。」

休息時，姊姊蝴蝶低聲說出這句話。

獠牙因為有別的事要辦，所以不在休息處。

「我一到十四歲，就要嫁給張家的繼承人了。據說在龍家沒有男性子孫的情況下，對方就得入贅。」

迪歐覺得蝴蝶在說這番話時的表情，看起來多少有點虛幻。

而和這樣的姊姊完全不同，頗有巾幗英雄氣質的妹蘭也開口了：

「這是很久以前的規矩了。如果是我可絕對不要！結婚什麼的，只不過是束縛而已吧？」

「妳就照自己的意思活下去吧，不過我打算遵從家族的使命。」

「無聊啊，真是太無聊了！自己的命運，應該由自己決定比較好！」

「說得也是，不過我倒覺得維持現狀更好啊。或許是因為我不想死吧。」

在深深嘆息的蝴蝶眼裡，已經看不到什麼「戰鬥覺悟」了。

「對方是個怎樣的傢伙？」

這時迪歐發問了。

「我沒有見過本人，但聽說他是『第一文理高中』的學生，將來好像打算當學者。」

「哦，原來是個臭知識份子……看來他走的人生和我完全無緣。」

迪歐對於這位將來會以鋼彈駕駛員的身分和自己並肩作戰的人物，多少有了點朦朧的印象。

蝴蝶則對素未謀面的丈夫懷有小小的期望，或許以武人的身分活著，對她來說實在很拘束吧。

迪歐心想：或許現在就該讓她退出了吧？

這時獠牙已經回來了。

他用兩輪拖車把農具運來現場。

而在這些農具下面，則藏了一挺簡易火箭迫擊砲，還有幾顆遙控用設置炸彈等武器彈藥。

旁邊還放了傑克斯等人送來的「地氣醚」原液。

「我們的道具終於湊齊了，接下來只要等機會來臨就行。」

妹蘭使勁點頭，蝴蝶則移開視線，眺望著農業工廠。

迪歐看著那樣的她的側臉，雖然想對她說些什麼，但實在想不到半句適合在這種情況可說的台詞。

AC-189 WINTER

月球 「卡達利那」環形山 地下基地

BETA與ALPHA一直在用初期型里歐來接受MS的格鬥訓練。

兩人的訓練中，完全沒有彼此親善這回事。

訓練用里歐的武裝只有裝在左肩上的盾牌，而且以互毆互踹等肉搏戰為主。

他們為了證明自己就是自己而持續展開交戰。

雙方都否定對方的存在，彼此厭惡，還以MS進行J博士所說的「單純的互相殘殺」。

在格鬥結束後，他們還必須親手整備自己的機體。

那是必須更加鞭策自己疲倦的身體，十分痛苦的工作。

當時BETA的目標並不是對主發動機進行一般保養，而是以更高度的改裝來提升機體的驅動效率。

要做到這種程度，那就有必要把傷痕累累的外裝零件統統拆下來。

他連內部骨架都全部磨亮，而且從MS整體到細部零件組裝都完全沒有任何妥協，堪稱是一次完美的改裝。

經過細心打磨的骨架已經可以視為手工打造的客製化產品了。

其中洋溢著宛如刀劍類藝術品的氣息。

明明頂多就是訓練用的機體，但能準備狀況好到這種程度的ＭＳ這點，實在令人覺得不太對勁。

他看到了深藏在機體骨架裡的製造年月日與生產序號。

「ＡＣ-１７６　ＡＵＧＵＳＴ　０８」

「ＯＺ-０６ＭＳ　ＬＯＴ　Ａ１２-０００１」

這兩者證明了這架機體是塞斯．克拉克技師長最早製造的里歐。

批號裡的「Ａ１２」，表示它就是在正式量產前的試作階段中製造的十二架里歐之一。

這原本是架歷史價值高到應該陳列在博物館裡的古董機體。

「Ｊ博士為什麼把這架機體給我？」

BETA覺得這實在很不可思議。

塞斯是曾和他母親結婚，並將他養大的養父。

私底下，他其實很尊敬這位開發出量產型ＭＳ，堪稱ＡＣ時代最強技術人員的專家。

里歐玩具曾是他小時候的寶物。

而塞斯為了保護母親葵和自己，在移動要塞巴爾吉不幸去世，對於這件事他心裡總覺得頗為哀傷。

但即使Ｊ博士知道這件事——

「我可不覺得他會替我著想，而把這架機體給我。」

搞不好他交給ALPHA的就是「Ａ１２-００００」這架更為罕見的機體也說不定。

這只是偶然吧——BETA這樣說服自己。

BETA對自己尊敬的養父製造的機體頗為依戀。

於是他花了很多心思，懷著一片赤誠埋頭進行改裝。

他漂亮地成功改裝主發動機，讓驅動效率一口氣大幅上升。

隔天進行格鬥訓練時，他就壓倒了ALPHA。

J博士看到這種情形後說：

「你自己動手改裝啊……技術還真不賴。」

很難得稱讚別人的他是這樣評價BETA的。

「真不愧是曾在塞斯底下工作過的人。」

之後的幾個星期間，BETA一直都是連戰連勝。

ALPHA感到十分焦躁。

或許是他對塞斯沒什麼感情，於是不論再怎麼整備和改裝，就技術來說，他始終無法超越BETA。

這樣下去，自己的存在將被否定，還會被抹消。

不過，最後證明他不過是杞人憂天。

「要換機體了。接下來才是重頭戲喔。」

J博士突然對他們傳達了這項決定。

「XXXG-00W0」和「XXXG-01W」被運到面前。

一架是被稱為「原型零式」的機體，另一架則是內藏骨架裸露在外的「飛翼鋼彈」。

BETA一邊有種「這架機體會交給我」的預感，一邊發問：

「這邊的機體根本還沒完成不是嗎？」

「啊，沒錯。我刻意要在你們之間製造不利條件，因為你們倆身為駕駛員的才能好像有落差啊。」

J博士按順序瞪著兩人後，下了命令：

「性能水準比較高的『原型零式』給ALPHA，較低的『飛翼鋼彈』給BETA開。沒完成的部分或性能落差，就靠駕駛員的技術來彌補吧。」

武裝只有光劍。

「因為要是給你們用光束步槍這種玩意兒，這座基地會被打成蜂窩啊。」

BETA看著之前自己駕駛的里歐說：

「這架里歐怎麼辦？」

「我會處理，它有必要再調整。」

BETA心想：這果然是很罕見的貴重機體。

但是J博士從里歐腳邊抬頭看著里歐，同時一副不屑的表情說：

「塞斯這傢伙實在是爛透了。什麼AC時代最強的技術人員啊，我聽得都傻眼了。」

他靜靜地坐進原型零式的駕駛艙並啟動它，一回頭就拔出光劍，然後突然砍了兩架里歐。

BETA不由得大喊：

「你……做什麼！」

「我用光劍試砍一下啊。既然有了鋼彈，這種廢物就只剩這點用處了。」

原型零式毫不留情地用光劍往里歐身上猛砍。

「哼！都有托爾吉斯當基礎了，還只能做出這點程度的東西，真沒出息！」

里歐很快就被砍成一堆廢鐵。

BETA不得不再和一段過去訣別。

「嗯嗯，光劍的調整大概就這樣吧。」

J博士從駕駛艙下來一邊說道：

「MS駕駛技術和才能或知識無關，一般大眾都一樣能學會。不過嘛，這種概念只適用於駕駛以殺人為目的來製造的量產型機體。」

BETA一邊壓抑瀕臨爆發的怒火，聽著對方演講。

「想當鋼彈的駕駛員，就必須擁有天賦，因為這架機體已經邁入神的領域。所以操縱這架機體的人也被要求具備相應的卓越精神力。」

J博士以一反常態的饒舌態度說著：

「你們只把戰鬥當成『單純的互相殘殺』。既然你們駕駛的是量產型兵器，那也是理所當然吧。不過呢，如果你們要成為鋼彈的駕駛員，就非得改變這種觀念不可。」

說到這裡後，他的嘴角突然垮下來，連語氣都變溫和了：

「唉，算了。要專心磨練自己達到神之領域，還是甘於當個單純的殺人兇手，你們就自己決定吧。既然你們要駕駛鋼彈，就要做好把這個取捨的選擇當成人生課題的覺悟。」

他從胸前的口袋裡拿出引發電擊的按鈕。

「我不會再使用這個了。你們想逃就逃，我也不在乎；甚至想殺我也無所謂。既然我把鋼彈託付給你們，我對這個世界就再也沒有留戀了。」

J博士把開關扔在地上，然後一腳踩爛。

兩人一臉不可思議地盯著他的動作，但沒有試圖逃走。

ALPHA和BETA各自發出了「啊……」與「收到……」這種曖昧的回答。

他們完全無法理解J博士這番話代表的意義。

只是仰望著被譽為「邁入神之領域」的兩架鋼彈。

L-5殖民地群 學院地域

「第一文理高中」

在新學期開始不久，那個黑髮少年就進入這所學校了。

他是個才九歲的小個子少年，在基礎學校（四年制的基礎教育學校）中就讀三年後，就以特待生的身分跳級。

走進教室的少年一邊把黑框眼鏡扶正，以一貫的打招呼方式說：

「我叫張五飛，請多指教。」

周圍全是盎格魯薩克遜血統的少年，身為東方人的五飛在此格外另類。

在學院地域裡，已經到了要稱為晚秋也太晚了的十一月。

五飛坐在窗邊的位置上，一直眺望著窗外。

眼前是一片擬造空間的形式展現，會讓人連想到德國南部巴伐利亞邦的黑森林風景。

對五飛來說，每天上課是非常無聊的事。

他的頭腦好到早就靠自學把高中的所有知識範疇都學習完畢了。

「你簡直像是行屍走肉啊。」

穿著白色大衣的壯漢化學教師，對在樹蔭下睡午覺的五飛說話。

這位就是O老師。他目前正以隨便取的假名在學院地域當老師，並同時進行鋼彈的開發工作。

「你不覺得求學之道不適合你嗎？」

五飛閉著眼睛答道：

「這和你無關，不用管我。」

「你的煩惱就是所謂的『無明長夜』（註：是佛教的說法，把一個人尚未開悟佛性的狀態視為被黑暗籠罩的長夜）吧。只要去駕駛我所製作的鋼彈，就能消除這種情況了。」

O老師之所以會看中五飛，到底是因為知道他是張家後裔，還是單純因為同為東方人這點目前仍然不詳。

「不過它離完成還久得很就是了。」

五飛張開單邊眼睛，冷淡地說：

「哼，如果真到了那個時候，再來跟我說一聲吧。搞不好能讓我稍微排遣一下無聊。」

「你真是個好人。不過，你現在還沒發現這點。」

O老師只留下這句話就離開了。

天上的小鳥降下來，停在挺起身子的五飛肩膀上。

他戴上擺在旁邊的黑框眼鏡後喃喃自語：

「說我是個好人？一個弱小又怯懦，只能四處逃竄的小孩，不當好人還能怎麼樣？」

小鳥鳴叫起來。

AC-190 SPRING

宇宙要塞巴爾吉

鐸澤特司令從自己的房間走向司令室。

在途中待命的副官柯蒂莉亞上尉跟在他後面。

「鐸澤特司令，最近叛亂軍一直都沒有動作。」

「這是個好消息啊。因為他們怕我們，才老實起來了吧。」

「或許真是這樣，但我還是要奉勸您得設想相反的情形。」

「…………」

「目前實在太平靜了。」

「我的越野車在『赫茨普隆』被炸掉了。自從那件事以後，我就一直小心再小心。」

「不，我想他們或許會有更大的動作。」

柯蒂莉亞是在暗示叛亂軍有可能會集結並發動大反攻作戰。

鐸澤特站在通往司令室的電梯前回過頭：

「柯蒂莉亞上尉，因為上次殖民衛星墜落事件，我對妳的分析能力有很高的評價。不過要是太過急功近利，就會再犯像不久前的宇宙戰艦那時的錯喔。」

他說完這番話後就走進電梯裡。

柯蒂莉亞沉默地目送對方的背影。

「…………」

她突然覺得很想睡。

剛開始，她還以為是不是因為連續熬夜而鬆懈下來才會這樣。

這時，她鼻子裡聞到藥物的香味。

「不，不對……是有人在內部搞鬼。」

她連忙把口鼻摀住，但為時已晚。

柯蒂莉亞當場倒地，陷入昏睡狀態。

走廊上瀰漫著從通風口噴出的揮發性麻醉劑「地氟醚」。

＊

鐸澤特准將一言不發地盯著逐步上升的樓層顯示。

電梯裡除了他以外，還有一位少年。他站在角落，戴著帽子遮住了眼睛。

「我終於見到你啦……」

鐸澤特准將回頭看過去：

「你是什麼人？」

在帽簷下有雙大眼睛正仰望著他。

「我是農業工廠的作業員。看樣子，我八成走錯路——」

「馬上給我下去！這裡是上級軍官專用的電梯啊！」

戴帽子的少年——迪歐．麥斯威爾舉起裝了滅音器的手槍，開口說：

「好啊，我會下去。事情辦完以後就會走人。」

迪歐扣下扳機。

這一槍命中了鐸澤特的天靈蓋。

同時電梯也抵達司令室所在樓層，門扉打開了。

鐸澤特的屍體頓時仰天倒地。

司令室裡的管制官聽到東西倒地的聲音，所有人同時回頭看過來。

迪歐連忙按下關門鈕，讓電梯往下走。

「好險……司令室的空調系統是用其他管道啊。」

*

迪歐回到柯蒂莉亞昏倒的樓層。

「地氟醚」正越來越稀薄。

這時，帶著太空服的妹蘭和蝴蝶出現在那裡。

妹蘭背上還揹著簡易火箭迫擊砲。

「順利解決目標了嗎？」

「目標啊……有帶那玩意兒去就好啦。司令室裡的人都醒著，真討厭。」

「果然是這樣。不過就算你帶去也只能射一發，根本沒什麼用；而且這是要用來逃走的。」

妹蘭說話時還是一樣很傷人。

蝴蝶面帶笑容地說：

「父親一開始就說過，不可能偷走巴爾吉了吧。」

「好啦好啦，覺得辦得到的我真是白痴。」

為了回農業工廠和獠牙會合，他們就一起直接橫越小麥田。

「其他作業員上哪裡去了？」

「我引導大家去避難所了。」

比迪歐等人晚到的獠牙回答了這個問題。

雖說穿太空裝也要花時間，但他還是意識到背後會有追兵這一點。

「可以了，妹蘭！」

「收到！」

妹蘭用火箭迫擊砲攻擊採光用窗。

隨著爆炸聲響起，窗口上開了個勉強能讓人類逃出的小洞。

要塞內部的空氣一下就開始外洩。

蝴蝶與妹蘭先行，接著迪歐也向窗口上那個洞前進。

「大叔，快走啊！」

獠牙卻背對他們站在原地。

「你在幹嘛啊，大叔？」

「你先走吧……只有你們逃走就行了。」

迪歐循著獠牙的視線看過去。

可以看到遠處那邊有一群聯合國軍的士兵用機關槍指著一個農業工廠作業員這一幕。

工廠作業員露出膽怯的眼神。

絲毫沒有半點戰鬥的覺悟。

這時，迪歐腦海裡浮現了獠牙那句話。

——把無辜的市民捲進戰鬥裡這種行為，比大屠殺更惡劣。

「嘖！」

迪歐一邊咂舌一邊逃走。

眼下他只能這麼做。

自動密閉用的黏膠陸續射出，把被打出來的洞堵住了。

外面的宇宙有傑克斯操縱的太空梭和艾爾維駕駛的普羅米修斯在等著。

逃出要塞的三人搭上太空梭後，就和普羅米修斯一起逃離了。

在太空梭裡，迪歐遭到蝴蝶與妹蘭的激動質問。

「父親呢？父親怎麼了？」

「為什麼要丟下他啊！」

「農業工廠的作業員被當成人質了……我們只能那樣做啊。」

獠牙平常會拉的二胡就放在他原本應該要坐的位置上。

但是再也聽不到那總令人覺得很哀傷的音色了。

「不過別擔心，我一定會把他救出來。」

迪歐重新下定決心，說出這句話。

在要塞巴爾吉裡發生的這樁暗殺事件，就是在這一年爆發的第二次月球戰爭的導火線，這點肯定沒錯——

MC-0022 NEXT WINTER

我只能想像現在莉莉娜總統到底在體驗怎樣的過去。

在第二次月球戰爭開打的AC190年春季，三月三十日那天，當時我們應特列斯閣下的召集前往月球。

在那場戰爭中，有許多士兵戰死沙場。而我之所以會討厭戰爭，這場戰爭也是個決定性的因素。

即使如此，被捲入戰爭的一般市民相當少，或許這也勉強稱得上是不幸中的大幸吧。

但前提是和火星目前的悲慘現況相比——

要塞巴別那邊有通訊傳來。傑克斯・馬吉斯上級特校自稱「南部聯合國戰爭犯罪委員會委員長」，還責備我們遲到這件事。

那張和我丈夫年輕時一樣的臉，讓我覺得看起來格外惹人厭。

「戰犯法庭將於本日午後一時在要塞巴別的司令室開庭，也就是一個小時後。若你們遲到，我方將立刻向莉莉娜市發射『十二矮星』。」

「收到。在那之前，我方必定偕同莉莉娜總統出庭。」

在伊希地平原的地平線上，已經看得到形成正十二面體的要塞巴別了。

決定命運的那一瞬間，時時刻刻都在逼近——

（第十三集待續）

有聲劇「出擊！Snow White與Warlock」

白雪公主出擊場景

音效「Snow White啟動」

希洛：「這裡是Snow White，駕駛員代號『希洛・唯』。VOYAGE，準備緊急出動。主電腦啟動，密碼解鎖。開始搜索生體反應……鎖定，記錄完畢。虛擬螢幕，螢幕開啟。起飛前檢查從『108』到『217』，以及從『355』到『421』省略。電磁制御程序正常。能源增幅，啟動程式，開始運作。」

音效「PiPiPiPiPiPiPiPiPiPi」

希洛：「向脈衝引擎反應爐『ＭＡＲＡ』注入ＰＴＤ與ＡＲＩ。燃燒室內加壓完成。右機械臂正常，左機械臂無異狀。

自動平衡器迴路正常。推進器渦輪、輔助推進器完全正常。能源增幅８９９，持續上升中。噴射等級６２１，維持等級。能源增幅９９９。點火線圈，連接。機身直立，準備滑行。第17跑道，彈射器鎖定。」

音效「啟動Snow White」

迪歐：「Warlock，檢查……？」

希洛：「Snow White……待命。」

迪歐：「你在搞什麼啊？馬上就要到了耶！」

希洛：「吵死了……電磁遮蔽斗篷的等離子驅動器還沒啟動。」

迪歐：「那種事就交給機器自動操縱就行啦！就是因為你用手動搞一堆雞零狗

碎的才會這麼慢！」

希洛：「Snow White，準備完畢。」

迪歐：「War……Warlock，收到。」

希洛：「ＶＯＹＡＧＥ，第17閘門開啟。」

音效「閘門開啟，艦外強風吹襲」

希洛：「準備起飛。風速１６０５，第二高度表撥定值９９４。鎖定解除，彈射器準備彈射！」

迪歐：「Warlock，要上啦！」

希洛：「Snow White，出擊……」

音效「兩架鋼彈出擊」

音效「一口氣猛推操縱桿」

希洛：「馬力全開……全領域紅色警戒！」

音效「兩架ＭＳ降落——斗篷『啪答啪答』翻動的聲音」

音效「兩架ＭＳ在沙漠上著陸」

迪歐：「這裡是Warlock，目視確認目標！」

希洛：「這邊也目視確認了……敵機約四十架。」

迪歐：「Warlock收到！你……你說四十架？」

希洛：「動作最好快點……這股沙塵暴快停止了。」

迪歐：「收到！這下我就能盡全力打到盡興了！」

音效「激烈的沙塵暴」

迪歐：「妳就是溫拿家的小姐是吧？」
希洛：「確認……妳真的打算到莉莉娜．匹斯克拉福特身邊去嗎？」

音效「激烈的沙塵暴」

希洛：「我明白了……那麼，卡特莉奴，我就殺了妳！」
迪歐：「喂喂，那些傢伙也行動啦！」
希洛：「你從左翼衝……我從右側往中間進攻。」
迪歐：「要跟四十架ＭＤ為敵，還是挺吃力的啊！」
希洛：「一個人分二十架……你父親可是閉著眼睛都辦得到。」
迪歐：「好啊！就做給你看！」

「ＥＮＤ」

後記

寫完上集的後記之後，我終於找到下載有聲劇的劇本，就把它作為這次的附錄為大家刊載出來。這都是拜SUNRISE的高橋哲子小姐從龐大的資料中將文件資料找出來所賜。她真的是個很優秀的人，我在SUNRISE所有的工作都由她負責。我覺得要不是有高橋小姐擔任我的文字編輯，像我這樣怠惰的劇作家，哪能當什麼系列構成啊。有件事我只會在這裡說喔！其實蕾蒂．安，也就是年輕時的柯蒂莉亞的原型就是高橋小姐啦。因為高橋小姐的性格實在太一本正經，就算是在SUNRISE的富岡秀行董事、富野由悠紀老大，或安彥良和老師面前都完全不會怯場，還能暢所欲言，絕對堪稱女中豪傑。要我說的話，她就像是會維護李陵的司馬遷那種出色的人。像我這種傢伙，只是跟隨在頗有男子氣概的高橋小姐後面的普羅大眾，不然就是人多勢眾的圍觀路人之一而已。不過，哲子小姐，我們可是提心吊膽啊！就因為那句話：「凡事請優雅進行……」

其實我很想把高橋小姐的工作成果，也就是AC・MC年表完全版（附各角色的年齡）作為附錄一起刊載出來。不過因為篇幅所限而無法發表。我一直在想KADOKAWA遲早會發行《Frozen Teardrop》的文庫本，屆時就去拜託他們務必要刊載。因為我看著這張年表就能寫出大幅加筆的部分，所以要是發行文庫本時，只要自己的精力還撐得住，就會努力把故事裡的空白補上。不過呢，搞不好根本不會出文庫本啊！所以還是請各位別抱任何期待慢慢等吧，真是抱歉。

好了，本書終於進入第十二集，下一本第十三集就是完結篇了。能以特列斯閣下的代表數字來替本系列小說畫上句點，讓我覺得這也算是種緣分。說到特列斯閣下，當年擔綱演出這個角色的是置鮎龍太郎先生。我應該更早一點寫到置鮎先生的事，實在很對不起他啊。我回想起來的是，當年在某後製錄音工作室的休息室裡，曾經聽到置鮎先生提起「我要去參加這次的鋼彈試演會」這件事；當時聽到他這句話後我也沒跟他說「啊，那部作品的劇本是我寫的」，只是一個勁兒在那裡陪笑。我覺得置鮎先生的聲音兼具了充滿包容力的溫柔，和能讓人感受到領導魅力的威嚴，堪稱是魅力非凡的稀有音色。不論多麼難懂的台詞，只要用這種聲音說出來就會很有說服力，能發揮出簡直就像施了魔法般讓觀眾接受的親和力；我們完全沉迷在置鮎先生那充滿自信的演技裡了。在後製錄音結束後，大家去喝一杯時，置鮎先生跟我說「我搞不太懂特列斯的台詞到底是什麼意思耶」這句話；我記得那時我有點遺憾地向他說出「只要是置鮎先生講的，不論是什麼台詞，大家都會把意義什麼的統統拋在腦後啦。置鮎先生你不是在演特列斯嗎？置鮎先生就是特列斯啊！」這種更難懂的哲學式回答。當時置鮎先生就一臉有聽沒有懂的表情。他還真是有夠誠實，不過我當時之所以會說那種話是有理由的。

想要說明特列斯的台詞到底是什麼意思，就必須花費時間和耐心。要說我是為了做這件事才動筆寫這本小說也不為過。很久以前，預定由角川書店出版的小說《最後的英雄（Endlich Eroica）》，就是以特列斯的觀點來看的「新機動戰記鋼彈W」的故事。

呼，前前後後花了二十年啊。欲知後事，請看第十三集的後記——

隅沢克之

新機動戰記鋼彈W
冰結的淚滴

12 邂逅的協奏曲（下）

作者　隅沢克之
插畫　あさぎ桜（角色繪製）
　　　MORUGA（機械繪製）
機械設定　KATOKI HAJIME
　　　　　石垣純哉
原案　矢立肇・富野由悠季
協力　中島幸治（SUNRISE）
　　　高橋哲子（SUNRISE）
宣傳協力　BANDAI HOBBY事業部
顧問　富岡秀行
日版裝訂　KATOKI HAJIME
日版內文設計　土井敦史（天華堂noNPolicy）
陣形圖　八木寛文（旭Production）
日版編輯　石脇剛
　　　　　折笠慶
　　　　　松本美浪

機動戰士鋼彈UC 1~10（完）

UNICORN

作者：福井晴敏　插畫：安彥良和、虎哉孝征

在可能性的地平線彼端，衝擊性的發展——
嶄新的宇宙世紀神話，在此堂堂完結！

受「獨角獸鋼彈」導引的漫長旅途終於走到盡頭，巴納吉和米妮瓦總算到達「拉普拉斯之盒」所在地。他們意圖將真相傳達給大眾，然而假面之王弗爾・伏朗托再度阻擋在他們面前。如今，圍繞「盒子」的一切恩怨糾葛，即將面臨清算的時刻……

各 NT$180~200/HK$50~55

Kadokawa Light Novels

OVERLORD 1~9 待續

作者：丸山くがね　插畫：so-bin

給予至高無上之力喝采；
給予血腥戰場恐懼——

王國與帝國之間的戰爭，原本應如往年一樣以互相敵對告終。然而，由於帝國的支配者——鮮血皇帝吉克尼夫造訪納薩力克，以及安茲宣布加入戰局，使得原本的小衝突起了極大變化……暴虐的狂風吹襲戰場，以恐怖將其化為地獄——波瀾萬丈的第九集！

台灣角川

各 NT$250~300/HK$75~90

驚爆危機ANOTHER 1~9 待續

作者：大黑尚人　插畫：四季童子

千變萬化的SF軍事動作小說，
現在回憶插曲！

伴隨著蘇聯解體獨立的科爾基斯共和國，當時正與少數民族內戰而動盪不安。在這場動亂中，雅德莉娜以民兵身分參與了這場戰爭。而受派遣到科爾基斯的梅莉莎，在戰場上與她有了一場驚濤駭浪的相遇。如今總算能述說的，她所不為人知的根源究竟是——？

各 NT$180~200/HK$50~60

台灣角川

國家圖書館出版品預行編目(CIP)資料

新機動戰記鋼彈W冰結的淚滴. 10-12, 邂逅的協奏曲 / 隅沢克之作 ; Hwriter譯. -- 初版. -- 臺北市 : 臺灣角川, 2015.07-
冊 ; 公分
譯自 : 新機動戦記ガンダムWフローズン.ティアドロップ. 10-12, 邂逅の協奏曲
ISBN 978-986-366-589-2(上冊 : 平裝). --
ISBN 978-986-366-894-7(中冊 : 平裝). --
ISBN 978-986-473-192-3(下冊 : 平裝)

861.57 104009667

Kadokawa
Fantastic
Novels

新機動戰記鋼彈W 冰結的淚滴 12

邂逅的協奏曲（下）

（原著名：新機動戦記ガンダムW フローズン・ティアドロップ 12 邂逅の協奏曲（下））

2023年6月28日 二版第1刷發行

作　者：隅沢克之
插　畫：あさぎ桜、KATOKI HAJIME
原　案：矢立肇・富野由悠季
譯　者：Hwriter

發行人：岩崎剛人
總編輯：蔡佩芬
主　編：林秀儒
美術設計：黃永漢
印　務：李明修（主任）、張加恩（主任）、張凱棋

發行所：台灣角川股份有限公司
地　址：104台北市中山區松江路223號3樓
電　話：(02) 2515-3000
傳　真：(02) 2515-0033
網　址：www.kadokawa.com.tw
劃撥帳戶：台灣角川股份有限公司
劃撥帳號：19487412
法律顧問：有澤法律事務所
製　版：巨茂科技印刷有限公司
ISBN：978-986-473-192-3